Johannes Mager

FLAMME UND WIND

Gabe und Wirken des Heiligen Geistes

Saatkorn-Verlag · Hamburg

Einbandgestaltung: R. Thäder
Saatkorn-Verlag GmbH, Hamburg 13
Verlagsarchiv-Nr. 460 777
Gesamtherstellung: Grindeldruck GmbH, Hamburg 13
Printed in Germany — ISBN 3 87689 288 0

Inhaltsübersicht

Einleitung

Christen, die auf ihren Herrn warten, brauchen immer erneut Orientierungshilfen durch das Wort Gottes. Dringend notwendig wird diese Hilfe in einer Zeit, die durch eine verwirrende Vielfalt religiöser Erfahrungen und Erlebnisse gekennzeichnet ist. Durch fast alle christlichen Konfessionen geht heute eine Bewegung, in der „Zungenreden" und „Weissagung" eine wesentliche Rolle spielen. Dabei werden alle diese Äußerungen als Wirkung des Heiligen Geistes ausgegeben und verstanden.

Jeder Gläubige, der auf seinen Herrn wartet, weiß, wie wichtig der Heilige Geist für ihn selbst und für die ganze Gemeinde ist, um auf das Kommen Jesu Christi vorbereitet zu sein. Deshalb wird im ersten Teil besprochen, was das Neue Testament über den Heiligen Geist aussagt. Das Gewicht liegt dabei auf den Voraussetzungen, die erfüllt werden mußten, damit der Heilige Geist von Gott seiner Gemeinde gegeben werden konnte, und auf den Konsequenzen, die sich für uns aus der Ausgießung des Heiligen Geistes ergeben.

Wir haben einen Gott, der gern gibt. Er gab seinen Sohn und verschenkte sich in ihm an uns. Er gab uns den Heiligen Geist und mit ihm eine Vielfalt von Gaben, bestimmt zum Dienst in der Gemeinde. Diesen Gaben des Geistes wendet sich der zweite Teil zu. Staunend stehen wir wie vor einem reich gedeckten Gabentisch. Gleichzeitig macht die Heilige Schrift darauf aufmerksam, daß Gottes gute Gaben auch mißbraucht werden können. Die Ausführungen des Apostels Paulus in 1. 1. Korinther 12 bis 14, mit dem Doppelaspekt des richtigen Gebrauchs und des Mißbrauchs der Gaben des Geistes, stehen in diesem Teil im Mittelpunkt.

Größer jedoch als alle Gaben des Geistes ist das Werk, das der Heilige Geist im Menschen vollbringt. Die Frucht des Geistes ist das Ziel seiner Wirksamkeit. Er will im Menschen das Bild Jesu Christi wiederherstellen. Im dritten Teil wird unser Augenmerk auf dieses Geschehen gelenkt. Wozu die Gaben des Geistes an sich nicht imstande sind, das vollbringt der Heilige Geist selbst in unserem Leben. Er schafft den neuen Menschen und bewahrt ihn „unsträflich auf die Ankunft unsers Herrn Jesus Christus" (1. Thessalonicher 5, 23).

Der Anhang enthält nicht nur Literaturhinweise, sondern hier werden auch einzelne Linien der Thematik weiter ausgezogen. Verschiedene Anmerkungen sind für jene geschrieben, die Freude daran haben zu erfahren, was der griechische Text des Neuen Testaments an bestimmten Stellen in unsere Überlegungen einbringt. Der griechische Text erscheint in deutscher Umschrift, damit jeder dem Gedankengang folgen kann.

Der Heilige Geist — Gabe und Geber

Und als der Tag der Pfingsten erfüllt war, waren sie alle beieinander an *einem* Ort. Und es geschah plötzlich ein Brausen vom Himmel wie eines gewaltigen Windes und erfüllte das ganze Haus, da sie saßen. Und es erschienen ihnen Zungen, zerteilt, wie von Feuer; und er setzte sich auf einen jeglichen unter ihnen, und sie wurden alle voll des heiligen Geistes und fingen an zu predigen in andern Zungen, wie der Geist ihnen gab auszusprechen. Es waren aber Juden zu Jerusalem wohnend, die waren gottesfürchtige Männer aus allerlei Volk, das unter dem Himmel ist. Da nun diese Stimme geschah, kam die Menge zusammen und wurde bestürzt; denn ein jeder hörte sie in seiner eigenen Sprache reden.

Apostelgeschichte 2, 1—6

„Der natürliche Mensch vernimmt nichts vom Geist Gottes"

In der Nacht zum 14. November 1940 erlitt Coventry den längsten und schwersten Bombenangriff, den im zweiten Weltkrieg eine englische Stadt je erlebte. Nach wenigen Stunden glich sie einer riesig brennenden Fackel. Wohnhäuser, Fabriken, Kulturdenkmäler wurden ein sinnloser Raub der Flammen, darunter auch die berühmte Kathedrale der Stadt. Sie brannte völlig aus. Nur die Steinmauern mit dem Turm überstanden die Feuersbrunst und blieben stehen, Ruinen, schwarz verrußt, gespenstisch anzusehen.

Diese Ruinen sind heute noch da. Aber unmittelbar an dieses Mahnmal, das die Worte „FATHER FORGIVE" (Vater, vergib!) an der Ostseite der verkohlten Mauer trägt, schließt sich die neue Kathedrale an. Viele Kunstwerke enthält dieser moderne Bau. Beim Besuch dieser Kirche aber hat mich das große, vom Dach bis zum Fußboden reichende gewölbte Glasfenster am meisten beeindruckt. Jeden Besucher schlägt es in seinen Bann. Durch das Spiel der Farben wird das Hereinbrechen des Heiligen Geistes aus der Welt Gottes als Licht und Feuer sinnfällig dargestellt. Als ich auf der Straße stand, sah ich von außen nur bräunliches Mauerwerk und dunkle Glasflächen, aber nichts von der Farbenpracht, die von diesem Fenster herabströmt. Erst als ich die Kirche betrat, sah ich das Fenster im Licht seiner Farben aufglühen, und seine Botschaft begann unüberhörbar zu sprechen. Gewiß war alles, was das Kunstwerk veranschaulichen will, schon vorher da, aber solange ich das Bauwerk nur von außen betrachtete, war es noch nicht „für mich" da.

Was Gottes Wort über den Heiligen Geist, sein Werk und Wirken, seine Gaben und Fülle sagt, bleibt für den, der — im Bilde gesprochen — nur von „außen" das Geheimnis des Heiligen Geistes erkennen will, verschlossen und unverständlich. Es wird ihn sogar töricht anmuten. „Der natürliche Mensch aber vernimmt nichts vom Geist Gottes; es ist ihm eine Torheit, und er kann es nicht erkennen; denn es muß geistlich verstanden sein." (1. Korinther 2, 14.)

Ist es überhaupt möglich, das geschriebene Wort der Heiligen Schrift oder das gepredigte Wort im Gottesdienst zu verstehen und anzunehmen, ohne daß der Mensch vom Heiligen Geist ergriffen und erleuchtet wird? „Kein Mensch sieht in der Schrift ein Jota, wenn er nicht den Heiligen Geist hat; alle haben ein verfinstertes Herz, so daß sie, auch wenn sie alles in der Schrift zu sagen und wiederzugeben vermögen, doch nichts davon fühlen oder wirklich erkennen." (Luther)

Wir dürfen uns deshalb über einen Menschen, der die Bibel ablehnt, Gott leugnet und Christus verwirft, weder ärgern noch wundern. Es fehlt ihm nicht an menschlicher Einsicht oder gutem Willen. Ohne Heiligen Geist ist es einfach unmöglich, die gute Nachricht der Bibel, die Gedanken und Taten Gottes anzunehmen und Christus als Herrn und Retter zu erkennen. „Niemand kann Jesus den Herrn heißen ohne durch den Heiligen Geist." (1. Korinther 12, 3.)

Vergeblich ist es deshalb auch, diese Schrift wie eine Zeitung zwischen Tür und Angel zu überfliegen. Rundfunk und Fernsehen müssen Sendepause haben, wenn der Heilige Geist sprechen soll. Still muß es werden in dir, damit dich Gottes Geist erleuchten kann und Auge und Ohr für seine Wirklichkeit und sein Wirken öffnet. „Drinnen" mußt du sein, angerührt vom lebendigen Geisteshauch, um das zu erkennen, „was kein Auge gesehen hat und kein Ohr gehört hat und in keines Menschen Herz gekommen ist, was Gott bereitet hat denen, die ihn lieben". (1. Korinther 2, 9).

Über den Heiligen Geist nachzudenken, über ihn zu reden und zu schreiben, von ihm zu hören und zu lesen, ist nicht schwer. Aber auf ihn zu hören und ihm zu gehorchen, ihm sein Leben zur Verfügung zu stellen: das erfordert den ganzen Einsatz eines Menschenlebens, eine ungeteilte Hingabe, die täglich neu vollzogen werden muß. Darauf kommt es an!

Führt doch der Heilige Geist in die Tiefen des göttlichen Wesens (1. Korinther 2, 10) und deckt die Abgründe des eigenen Lebens auf (Psalm 139, 23). Er straft und tröstet, richtet und begnadigt, tötet und macht lebendig, zerbricht den alten und schafft einen neuen Menschen in Jesus Christus.

Die Ausgießung des Heiligen Geistes

Was geschah zu Pfingsten?

Jahr um Jahr feiern die christlichen Kirchen das Pfingstfest zur Erinnerung an die Ausgießung des Heiligen Geistes. Wer aber kann noch sagen, was an jenem Tage geschah? Und wenn wir es zu wissen glauben, erfassen wir dann die bleibende, stets zeitnahe Bedeutung dieses Geschehens für unser Christsein heute?

Unversehens brach damals die Welt Gottes mit Sturm, Brausen und heftigem Zucken von Feuerzungen in das Leben der ersten Christen herein. Bürger und Festpilger in Jerusalem wurden in Staunen, Ratlosigkeit und Schrecken versetzt, so daß einer zum anderen sagte: „Was will das werden?" (Apostelgeschichte 2, 12.)

Geheimnisvoll und furchterregend steht im Bericht über das Kommen des Heiligen Geistes der Satz: „Und es geschah plötzlich ein Brausen vom Himmel wie eines gewaltigen Windes . . . Und es erschienen ihnen Zungen, zerteilt, wie von Feuer . . ." (Apostelgeschichte 2, 2. 3.) Offenkundig ringt der Schreiber nach Worten, um in Bildern und Vergleichen das Unsagbare zu sagen und zu verdeutlichen.

Am fünfzigsten Tage nach dem Leiden und Sterben des Sohnes Gottes am Kreuz fiel es „wie Feuer von Gott aus dem Himmel". Bei diesem Satz kann man schon erschrecken. Wenn Feuer von Gott aus dem Himmel fällt, wird es ernst, todernst! So lesen wir in 1. Mose 19, 24: „Da ließ der Herr Schwefel und Feuer regnen vom Himmel herab auf Sodom und Gomorra und vernichte die Städte und die ganze Gegend." Weiter hören wir von Korah und seinen Anhängern, die sich gegen die Führerschaft des Mose aufgelehnt hatten, daß Feuer vom Herrn ausfuhr und ihn samt den zweihundertfünfzig Männern verzehrte (4. Mose 16, 35). Von Gottes letztem Gerichtshandeln am Ende der irdischen Zeit heißt es schließlich: „Und es fiel Feuer vom Himmel und verzehrte sie." (Offenbarung 20, 9.)

Pfingsten hat es mit dem Feuer Gottes zu tun. Deshalb ist das Pfingstwunder keine erbauliche Geschichte. Hier offenbart sich der Gott, der ein „verzehrend Feuer" ist. Begann etwa an jenem

Tage Gottes Feuer zu brennen, um die zu verderben, die Gottes Sohn gekreuzigt hatten? Nein, nicht der Tag war angebrochen, der brennen soll wie ein Ofen und weder Wurzel noch Zweig übriglassen wird (Maleachi 3, 19), vielmehr war die Stunde gekommen, daß Menschenherzen entzündet werden sollten, um für Christus zu leuchten und zu brennen, mitten in einer kalten Welt. Am Pfingsttag wurde das göttliche Reinigungsfeuer entzündet, das allein imstande ist, alles Sündhafte und Unreine in uns zu verzehren.

Mit der Ausgießung des Heiligen Geistes begann ein neuer Abschnitt des Heilsplanes und Heilshandelns Gottes.

Wann wurde der Heilige Geist ausgegossen?

Suchen wir mit dieser Frage eine Zeitangabe im Kalender, so müssen wir mit der Apostelgeschichte antworten: „Und als *der Tag der Pfingsten* erfüllt war . . ." (2, 1). „Fünfzig Tage nach dem ersten Festsabbat der ungesäuerten Brote wurde in Israel das ,Wochenfest' gefeiert (3. Mose 23, 15—22). Es trug diesen Namen, weil man vom Passahfest aus sieben ganze Wochen abzuzählen hatte. Bei den griechisch sprechenden Juden im Ausland wurde es ,Pentekoste', zu deutsch ,Pfingsten' genannt; das heißt nichts weiter als ,der fünfzigste (Tag)'. Ferner war es als ,Fest der Ernte' (2. Mose 23, 16) bekannt, denn es eröffnete die Einbringung des Weizens (2. Mose 34, 22)."[1]

Die Israeliten feierten also an jenem Tage in Jerusalem ihr Erntefest. Es war ein fröhliches Feiern, zu dem jeder Israelit vor Jahwe im Heiligtum erscheinen sollte (2. Mose 34, 24; 5. Mose 16, 16).

Die Wendung „als der Tag der Pfingsten erfüllt war" bezeichnet aber nicht nur einen erkennbaren Zeitpunkt in der Geschichte, sondern führt in die Tiefen des göttlichen Handelns. Am Tage der Geistausgießung *erfüllte* sich ein von Gott gewirktes Ereignis zu einem von ihm festgesetzten Zeitpunkt. Auch die Zeit steht im Dienste Gottes und hat eine Funktion in seinem Heilsplan.

Das Wort „erfüllen" oder „Fülle" kennzeichnet im Neuen Testament oft eine bestimmte Tat Gottes, die aus der Welt Gottes kommt und bis in die Ewigkeit reicht. Es gibt „Zeiten" und „Stunden", die Gott in seiner Macht bestimmt hat (Apostelgeschichte 1, 7). Keine geschichtliche Größe ist in der Lage, sich Gott entgegenzustellen und seine Termine zu durchkreuzen.

Die erste Predigt Jesu, unmittelbar nach seiner Taufe gehalten, faßt Markus in dem einen Satz zusammen: „Die Zeit ist erfüllt." (Markus 1, 15.) Der von Gott festgesetzte, von Israel erwartete, aber nicht erkannte Termin der Heimsuchung Gottes war mit dem Auftreten Jesu angebrochen. Paulus spricht in diesem Zusammenhang von der „Erfüllung" oder „Fülle der Zeit". „Als aber die Zeit erfüllet ward, sandte Gott seinen Sohn, geboren von einem Weibe und unter das Gesetz getan." (Galater 4, 4.) Von dieser „erfüllten Zeit" schreibt der Dichter:

Dies ist der Tag, den Gott gemacht,
Sein werd in aller Welt gedacht;
Ihn preise, was durch Jesum Christ
Im Himmel und auf Erden ist.

Die Völker haben Dein geharrt,
Bis daß die Zeit erfüllet ward;
Da sandte Gott von seinem Thron
Das Heil der Welt, Dich, seinen Sohn.

Wenn ich dies Wunder fassen will,
So steht mein Geist vor Ehrfurcht still;
Er betet an und er ermißt,
Daß Gottes Lieb unendlich ist.
Christian Fürchtegott Gellert

Der Satz des Apostels über die „Erfüllung der Zeit" bedeutet nicht nur, „daß eine bestimmte Zeit abgelaufen oder daß ein festgesetzter Zeitpunkt angebrochen ist, sondern vielmehr, daß in der göttlichen Heilsökonomie die menschliche Zeit zum Vollmaß gekommen ist".[2]

„Mit dieser ‚Erfüllung der Zeit' ist nicht nur ein Reifungsprozeß im großen Rahmen der Heilsgeschichte gemeint, sondern *die* Erfüllung *der Zeit* in absolutem Sinn. *Die* Zeit der Welt ist mit Christi Kommen an ihr Ende gelangt. Bei aller Vorläufigkeit, die dieser Erfüllung noch anhaftet, hat sie doch bereits begonnen und ist prinzipiell auch schon zu ihrem Abschluß gekommen." [3]

In diese „Fülle der Zeit" gehören nicht nur Geburt, Tod und Auferstehung des Sohnes Gottes, sondern auch das Kommen des Heiligen Geistes in unsere Welt. Der erste Satz der Pfingstgeschichte müßte eigentlich so übersetzt werden: „Als der verheißene Tag der Pfingsten die Vollendung erreichte." [4] Damit wird das Pfingstereignis in die großen heilsgeschichtlichen Zusammenhänge eingeordnet.

Petrus selbst deutete das Pfingstwunder als Erfüllung eines alten Prophetenwortes und damit als gottgewirkte Tat am Ende der Zeit: „Das ist's, was durch den Propheten Joel zuvor gesagt ist (Joel 3, 1—5): ‚Und es soll geschehen in den letzten Tagen, spricht Gott, da will ich ausgießen von meinem Geist auf alles Fleisch; und eure Söhne und eure Töchter sollen weissagen, und eure Jünglinge sollen Gesichte sehen, und eure Alten sollen Träume haben; und auf meine Knechte und auf meine Mägde will ich in jenen Tagen von meinem Geist ausgießen, und sie sollen weissagen ... Und soll geschehen, wer den Namen des Herrn anrufen wird, soll gerettet werden.' " (Apostelgeschichte 2, 16—18. 21.)

Pfingsten ist die von Gott festgelegte Geburtsstunde der Gemeinde Jesu Christi auf dieser Erde und damit Anbruch des Reiches Gottes in der vorläufigen Gestalt seiner Gemeinde inmitten dieser Welt. Was in der Zeit des Alten Testaments nur einzelnen Bevorzugten zuteil wurde, ist von Pfingsten an *das* Kennzeichen *aller* Gläubigen, die Glieder am Leibe Jesu sind. „In der Zeit der Patriarchen war das Wirken des Heiligen Geistes oftmals in bemerkenswerter Weise offenbar geworden, doch nie in seiner ganzen Fülle." Jetzt aber kam der Geist „in solcher Fülle auf die wartenden, betenden Jünger, daß er jedes Herz erfaßte ... Es schien, als sei diese Kraft jahrhundertelang zurückgehalten worden und als freute sich der Himmel nun, die Reichtümer der Gnadengaben des Geistes auf die Gemeinde ausschütten zu können." [5] Nach Apostelgeschichte 2, 4 wurden sie *„alle* voll des heiligen Geistes". „Als der Tag der Pfingsten erfüllt war", wurde „der Termin des jüdischen Festkalenders nun dem heilsgeschichtlichen Zusammenhang von Verheißung und Erfüllung eingeordnet." [6]

16

Voraussetzungen für die Ausgießung des Heiligen Geistes

Welche Bedingungen mußten erfüllt sein, damit der Heilige Geist zu Pfingsten ausgegossen werden konnte?

Bei dieser Frage blicken wir im allgemeinen zuerst auf die kleine wartende Schar, die in den Tagen zwischen der Himmelfahrt Jesu und Pfingsten einmütig beieinander war, gemeinsam betete und, dem Auftrag Jesu getreu, in Jerusalem blieb. An keiner Stelle aber deutet der Bibeltext an, daß diese innere Haltung des Jüngerkreises Voraussetzung für Gottes Handeln zu Pfingsten gewesen wäre. Die Ausgießung des Geistes ist nicht das Ergebnis frommen menschlichen Tuns, vielmehr eine von menschlichem Handeln unabhängige Gabe Gottes für seine Gemeinde.

1. Im Kommen des Heiligen Geistes erfüllte sich eine klare Verheißung, die Jesus unmittelbar vor seiner Himmelfahrt den Jüngern gegeben hatte. „Er sprach aber zu ihnen: Es gebührt euch nicht, zu wissen Zeit oder Stunde, welche der Vater in seiner Macht bestimmt hat; ihr werdet aber die Kraft des heiligen Geistes empfangen, welcher auf euch kommen wird, und werdet meine Zeugen sein zu Jerusalem und in ganz Judäa und Samarien und bis an das Ende der Erde." (Apostelgeschichte 1, 7. 8.)

Bereits vor seinem Leiden und Sterben betonte Jesus mehrfach in seinen Abschiedsreden, daß er nach seinem Hingehen zum Vater die Seinen nicht allein zurücklassen, sondern ihnen einen Beistand, einen Tröster, senden würde. „Und ich will den Vater bitten, und er wird euch einen andern Tröster geben, daß er bei euch sei ewiglich: den Geist der Wahrheit, welchen die Welt nicht kann empfangen, denn sie sieht ihn nicht und kennt ihn nicht. Ihr aber kennet ihn, denn er bleibt bei euch und wird in euch sein. Ich will euch nicht als Waisen zurücklassen; ich komme zu euch." (Johannes 14, 16—18.)

2. In seiner Pfingstrede nannte Petrus bestimmte Voraussetzungen, ohne die das Kommen des Heiligen Geistes unmöglich gewesen wäre. Dabei ordnete er das Pfingstereignis in große heils-

geschichtliche Zusammenhänge ein. Nicht in der sichtbaren Welt oder im innermenschlichen Bereich liegen diese Bedingungen. Die Gabe des Heiligen Geistes ist die Folge von Ereignissen in der unsichtbaren Welt. „Diesen Jesus hat Gott auferweckt; des sind wir alle Zeugen. Nun er durch die Rechte Gottes erhöht ist und empfangen hat den verheißenen heiligen Geist vom Vater, hat er ausgegossen, was ihr hier sehet und höret." (Apostelgeschichte 2, 32. 33.)

3. Auf drei gottgewirkte Tatsachen machte Petrus seine Zuhörer — und damit auch uns — als Voraussetzung für das Kommen des Geistes aufmerksam:

> Jesus Christus, von Gott aus dem Tode auferweckt, wurde nach seiner Himmelfahrt zur Rechten Gottes erhöht und hat die Herrschaft über die Welt angetreten.

> Gott-Vater hat daraufhin seinem erhöhten Sohn die versprochene Gabe des Heiligen Geistes anvertraut.

> Der Sohn hat den empfangenen Heiligen Geist auf die Seinen ausgeschüttet, wie er es ihnen verheißen hatte.

Was verstehen wir unter der „Erhöhung" des Sohnes Gottes? Das Neue Testament spricht von zwei Erhöhungen Christi. In dem denkwürdigen Nachtgespräch mit Nikodemus erwähnt Jesus die erste Erhöhung. „Und wie Mose in der Wüste die Schlange erhöht hat, so muß des Menschen Sohn erhöht werden." (Johannes 3, 14.) Noch offener sind die Worte Jesu in Johannes 12, 32: „Und ich, wenn ich erhöht werde von der Erde, so will ich alle zu mir ziehen." Erklärend fügt der Evangelist Johannes hinzu: „Das sagte er aber, zu zeigen, welches Todes er sterben würde." (Johannes 12, 33.)

Was in den Augen der Welt Schimpf und Schande war, der hohnsprechende Prozeß vor der geistlichen und weltlichen Obrigkeit, Geißelung und Dornenkrone, Kreuztragen und Hinrichtung am Schandpfahl, wie ein Verbrecher verlacht und verspottet, in den Schmutz getreten werden vor der Welt: das alles bezeichnete

Jesus als seine „Erhöhung". Vom Sieg her, den er als Gottes Sohn am Kreuz errang, konnte er die Erniedrigung auf Golgatha seine „Erhöhung" nennen.

Auf diese erniedrigende Erhöhung des Gottessohnes folgte die andere, von der Petrus in seiner Pfingstpredigt sprach. Nicht Menschenhände bewirkten sie, sondern Gottes Sohn wurde „erhöht durch die Rechte Gottes". „So wisse nun das ganze Haus Israel gewiß, daß Gott diesen Jesus, den ihr gekreuzigt habt, zum Herrn und Christus gemacht hat." (Apostelgeschichte 2, 36.) Auch Paulus kannte diese heilsgeschichtlichen Zusammenhänge, schrieb er doch an die Gemeinde zu Philippi: „Er [Christus] erniedrigte sich selbst und ward gehorsam bis zum Tode, ja zum Tode am Kreuz. Darum hat ihn auch Gott erhöht [wörtlich: übererhöht!] und hat ihm den Namen gegeben, der über alle Namen ist." (Philipper 2, 8. 9.)

Als Gott seinen Sohn zu seiner Rechten einsetzte und ihm den höchsten Titel verlieh, als der erhöhte Christus seinen Dienst als Hoherpriester im himmlischen Heiligtum aufnahm (Hebräer 8, 1), da empfing er die Gabe des Heiligen Geistes vom Vater und goß sie auf seine Gemeinde aus. Der Heilige Geist kam als Vertreter des Sohnes auf diese Erde, um zu offenbaren, was in der unsichtbaren Welt vor sich gegangen war: die Erhöhung des Auferstandenen zur Rechten Gottes, der Beginn des himmlischen Versöhnungsdienstes.

„Durch die Ausgießung des Heiligen Geistes zu Pfingsten teilte der Himmel mit, daß die Einsetzung des Erlösers geschehen war. Er hatte den Heiligen Geist vom Himmel gesandt zum Zeichen, daß er nun als Priester und König alle Gewalt im Himmel und auf Erden erhalten habe und der Gesalbte über sein Volk sei." [7]

Nun ist offenkundig, daß der Heilige Geist nicht auf Grund menschlicher Verdienste, sondern allein durch das Verdienst unseres Herrn Christus der Gemeinde gegeben werden konnte. Nicht was Menschen, sondern was Christus für uns getan hat, bewirkte das Kommen des Geistes. Blicken wir auf den erhöhten Herrn am Kreuz, dann wissen wir, daß uns unsere Sünden vergeben sind. Sehen wir den erhöhten Herrn zur Rechten Gottes als unseren Fürsprecher, so wissen wir, daß der Heilige Geist ausgegossen ist.

Welche Folgerungen ergeben sich aus der Ausgießung des Heiligen Geistes?

Ernst ist der Hintergrund dieser Frage. Gewiß können wir der Antwort ausweichen aus Furcht vor den Konsequenzen, die sich daraus für unser Leben ergeben. Wir können auch so tun, als ginge uns das Pfingstgeschehen nichts mehr an, liegt es doch nun fast zweitausend Jahre zurück. Der evangelische Theologe Emil Brunner bekennt offen, daß „der Heilige Geist immer mehr oder weniger ein Stiefkind der Theologie gewesen ist und die Dynamik des Geistes ein Schreckgespenst für die Theologen; umgekehrt ist die Theologie sehr oft durch ihren unbewußten Intellektualismus ein wichtiges Hindernis, ein Verschluß für den Heiligen Geist, wenigstens für die Fülle seiner dynamischen Entfaltung".[8]

Trifft unsere Gemeinden oder den einzelnen Gläubigen folgender Vorwurf? „Es wird über die Gabe des Geistes nur wenig nachgedacht; die Folgen davon sind, wie nicht anders zu erwarten, geistliche Dürre, geistliche Finsternis, geistlicher Verfall und Tod . . . An göttlicher Kraft, die zum Wachstum der Gemeinde notwendig ist und alle andern Segnungen im Gefolge hätte, mangelt es, obgleich sie in unermeßlichem Reichtum angeboten wird."[9]

Pfingsten kann nicht mehr rückgängig gemacht werden

Die Ausgießung des Heiligen Geistes geschah zu dem von Gott festgesetzten Zeitpunkt (griechisch = Kairos). Dieser „Kairos" war die Erfüllung vielfacher Verheißungen Jesu und gründete sich auf die Heilstatsachen der Kreuzigung, Auferstehung, Himmelfahrt und Einsetzung des Sohnes zur Rechten des Vaters.

Daraus ergeben sich tiefgreifende Folgerungen. Ist Pfingsten ein heilsgeschichtliches Ereignis im Erlösungsplan, dann kann es weder rückgängig gemacht noch wiederholt werden. Wie das Sterben des Sohnes Gottes am Kreuz und seine Auferstehung am dritten Tag nicht erneut vollzogen, auch nicht mehr aufgehoben werden können, genausowenig kann die Ausgießung des Heiligen Geistes rückgängig gemacht werden. Was am Kreuz geschah, gilt „ein für allemal" (Hebräer 10, 10). Ein für allemal ist der Heilige Geist der Gemeinde als eschatologische (endzeitliche) Gabe gegeben worden. Wir leben nicht vor Pfingsten, auch nicht zwischen Himmelfahrt und Pfingsten, sondern in der Zeit nach der Ausgießung des Heiligen Geistes. Gott hat seine Gabe nie zurückgenommen. Fest steht die Zusage Jesu: Der Vater „wird euch einen andern Tröster geben, daß er bei euch sei *ewiglich*". (Johannes 14, 16.)

„Christus erklärte, daß der göttliche Einfluß des Geistes bis zum Ende bei seinen Nachfolgern sein werde. Die Verheißung wird aber nicht gebührend geschätzt, und deshalb zeigt sich auch ihre Erfüllung nicht, wie es der Fall sein könnte." [10]

„Die Verheißung des Heiligen Geistes ist nicht auf ein bestimmtes Zeitalter oder ein bestimmtes Volk beschränkt. Christus erklärte, daß seine Nachfolger bis ans ‚Ende' unter dem Einfluß seines Geistes stehen werden. Von jenem Pfingsttage an bis in die Gegenwart wurde der Tröster denen gesandt, die sich dem Herrn und seinem Dienst hingaben. Zu allen, die Christus als persönlichen Heiland annahmen, kam der Heilige Geist als Ratgeber, Seligmacher, Führer und Gewährsmann." [11]

Wäre Pfingsten mit seinem heilsgeschichtlichen Wendepunkt aufgehoben und damit unwirksam gemacht worden, dann gäbe es auf dieser Erde keine Gemeinde Jesu Christi mehr. Niemand könnte das Heil in Jesus Christus ergreifen und ihn als seinen Herrn bekennen. Persönliche Gemeinschaft mit Christus, Gewißheit des Heils durch das Blut des Sohnes Gottes, Wiedergeburt und Erneuerung des Lebens, Sieg über die Macht der Sünde, Liebe, Friede und Freude als Frucht des Heiligen Geistes — all das wären tote Worte, leere Begriffe ohne Kraft und Leben. Selbst wenn es noch Gruppen von Menschen gäbe, die die Erinnerung an Christus pflegten, wären sie doch nur ein Verein ohne Hoffnung und Zukunft.

So aber bezeugt Petrus über die Gabe des Heiligen Geistes am Pfingsttag unmißverständlich: „Denn euer und eurer Kinder ist diese Verheißung und aller, die ferne sind, soviele der Herr, unser Gott, herzurufen wird." (Apostelgeschichte 2, 39.)

Dieser Freudenton ist in allen neutestamentlichen Briefen zu hören und durchzieht die Apostelgeschichte wie ein roter Faden. Eigentlich müßte man der Apostelgeschichte die Überschrift geben: „Die Taten des Heiligen Geistes". Immer neu bezeugen die Apostel in ihren Predigten und Briefen, daß die Gemeinde und jeder Gläubige den Heiligen Geist empfangen *haben.* Hören wir doch genau auf die vielfältigen Aussagen, die immer wieder die eine Tatsache unterstreichen, daß der Heilige Geist ausgegossen ist, in der Gemeinde wirkt, im einzelnen Gläubigen wohnt.

„Denn die Liebe Gottes ist ausgegossen in unser Herz durch den heiligen Geist, welcher uns gegeben ist." (Römer 5, 5.)

„Wenn nun der Geist des, der Jesus von den Toten auferweckt hat, in euch wohnt, so wird derselbe . . . auch eure sterblichen Leiber lebendig machen durch seinen Geist, der in euch wohnt." (Römer 8, 11.)

„Wisset ihr nicht, daß ihr Gottes Tempel seid und der Geist Gottes in euch wohnt?" (1. Korinther 3, 16.)

„Der uns aber dazu bereitet hat, das ist Gott, der uns als Unterpfand den Geist gegeben hat." (2. Korinther 5, 5.)

„Habt ihr den Geist empfangen durch des Gesetzes Werke oder durch die Predigt vom Glauben? . . . Im Geist habt ihr angefangen . . ." (Galater 3, 2. 3.)

„In ihm seid auch ihr, da ihr gläubig wurdet, versiegelt worden mit dem heiligen Geist, der verheißen ist." (Epheser 1, 13.)

„Denn Gott hat uns nicht gegeben den Geist der Furcht, sondern der Kraft und der Liebe und der Zucht." (2. Timotheus 1, 7.)

„. . . welchen [nämlich den heiligen Geist] er ausgegossen hat über uns reichlich durch Jesus Christus, unsern Heiland." (Titus 3, 6.)

„Und daran erkennen wir, daß er in uns bleibt: an dem Geist, den er uns gegeben hat." (1. Johannes 3, 24.)

Wir stehen hier vor einer Fülle von Zeugnissen, die alle das gleiche aussagen und beliebig vermehrt werden könnten. Aus jedem Wort spricht die Gewißheit, daß der Heilige Geist der Gemeinde gegeben ist, daß er im einzelnen Gläubigen wohnt und wirkt.

Nimmst du eigentlich diese Tatsache im Glauben ernst und rechnest du mit ihr? Machst du nicht Gott und sein Wort zum Lügner, wenn du Jahr für Jahr um den Heiligen Geist bittest, ohne je freudig von seinem Empfang und seinem Wirken an dir und durch dich etwas sagen und rühmen zu können? (Werner de Boor)

Auffallend ist, daß die Gemeinden der neutestamentlichen Zeit nie aufgefordert werden, um den Heiligen Geist zu bitten. Es wird einfach von der Tatsache ausgegangen, daß der Geist Gottes ausgegossen und damit der Gemeinde gegeben ist, genauso wie die Vergebung und Rechtfertigung in Christus durch sein Sterben und Auferstehen vollbrachte Tatsachen sind und nicht mehr aufgehoben werden können, weder durch Menschen noch durch Gott selbst. Wie solltest du um das bitten, was Gott bereits gegeben hat? Wer von uns käme auf den Gedanken zu beten: „Herr, werde noch einmal für uns gekreuzigt! Stehe noch einmal für uns auf!"? Wir können nur noch danken, ein Leben lang danken für das, was unser Herr ein für allemal für uns getan hat, auch in der Ausgießung des Heiligen Geistes. „Wenn wir im Geist leben, so lasset uns auch im Geist wandeln." (Galater 5, 25.)

Liegen vielleicht hier die verborgenen Ursachen dafür, daß so viel Bitten um den Heiligen Geist ergebnislos bleibt? „Gott hat ganz bestimmte Bedingungen gesetzt, unter denen wir Anteil an seinem Geist bekommen. Wir aber möchten es bequemer haben, möchten diese ernsten Bedingungen umgehen und uns durch bloßes Bitten den Heiligen Geist verschaffen. Darauf aber läßt sich Gott nicht ein! Du willst einer gründlichen Bekehrung ausweichen, du willst dich Jesus nicht ausliefern — dann kannst du dein ganzes Leben lang um den Heiligen Geist beten, es wird vergeblich sein. Steht es so in deinem Leben? . . . Dann höre mit dem vergeblichen Beten auf und erfülle Gottes Bedingungen." [12]

Und der Spätregen?

Unausgesprochen steht die Frage im Raum: Welche Bedeutung hat nun aber der „Spätregen"? Wenn

1. der Heilige Geist ausgegossen ist,

2. er bis zur Wiederkunft Jesu unser Anwalt bei Gott und gleichzeitig als Vertreter Christi in der Gemeinde gegenwärtig ist,

3. das Pfingstereignis nicht wiederholt werden kann und

4. es die Erfüllung eines im jüdischen Festkalender vorgeschatteten heilsgeschichtlichen Kairos (= eines von Gott festgesetzten Zeitpunktes im Heilsplan) ist,

wozu brauchen wir dann noch den Spätregen?

Der Geist Gottes wird in der Schrift unter anderem mit dem Regen verglichen. „Denn ich will Wasser gießen auf das Durstige und Ströme auf das Dürre: ich will meinen Geist auf deine Kinder gießen und meinen Segen auf deine Nachkommen." (Jesaja 44, 3.) Den klimatischen Gegebenheiten Palästinas entsprechend wird in der prophetischen Bildersprache des Alten Testaments zwischen einem „Frühregen" und einem „Spätregen" unterschieden. „Die Regenzeit beginnt in normalen Jahren im Oktober . . . Diese Frühregen (5. Mose 11, 14; Jeremia 5, 24; Joel 2, 23) weichen den von der Sommerhitze ausgedörrten Boden auf und sind die Voraussetzung für Pflügen und Säen . . . Nach dem Frühregen kommt eine Zeit, in der in guten Jahren Westwinde regelmäßig, meist einmal in der Woche, Regen bringen. Auf starken, andauernden Regen am ersten Tag folgen zwei Tage mit einzelnen schweren Schauern, danach etwa vier Tage mit schönem Wetter bis zum nächsten Guß . . . Am Ende der Regenzeit (März–April), wenn es wärmer wird und die einzelnen Schauer seltener, fallen die Spätregen, die für volle Ähren und eine gute Ernte unerläßlich sind (5. Mose 11, 14; Hiob 29, 23; Sprüche 16, 15; Jeremia 3, 3; 5, 24; Hosea 6, 3; Joel 2, 23; Sacharja 10, 1)."[13]

Auf Grund der prophetischen Hinweise glauben wir, daß der Heilige Geist vor der Wiederkunft Jesu Christi verstärkt wirken wird, um die Ernte der Welt zur Vollreife zu bringen. Aus dem prophetischen Bild des Spätregens dürfen wir aber kein zweites Pfingsten im Sinne eines heilsgeschichtlichen „Kairos" ableiten. Es ist derselbe Heilige Geist, der zu Pfingsten ausgegossen wurde, die Gemeinde nie verlassen hat und am Ende „unter Wundern, Heilungen und Zeichen" (E. G. White) das Werk Gottes beenden wird.

„Unter dem Bild des Früh- und Spätregens, wie er im Orient zur Saat- bzw. Erntezeit fällt, kündigten die hebräischen Propheten der Gemeinde Gottes in außergewöhnlichem Maß die Gabe geistlicher Gnade an. Mit der Ausgießung des Geistes in den Tagen der Apostel setzte der Frühregen ein, und das Ergebnis war herrlich. Bis zum Ende der Zeit wird der Heilige Geist in der wahren Gemeinde gegenwärtig bleiben. Aber für die Zeit kurz vor Abschluß der Ernte der Welt wird eine besondere Verleihung geistlicher Gnade verheißen, wodurch die Gemeinde auf das Kommen des Menschensohnes vorbereitet werden soll." [14]

Der Heilige Geist wurde zu Pfingsten gegeben, als Christus seinen hohepriesterlichen Dienst in dem Heiligtum begann, das „nicht mit Händen gemacht, das heißt: nicht von dieser Schöpfung ist" (Hebräer 9, 11). Im letzten Abschnitt seines Versöhnungsdienstes wird sich die Gabe des Heiligen Geistes noch einmal auf dieser Erde in außergewöhnlicher Weise entfalten. Zu Pfingsten war das Kommen des Geistes Zeichen dafür, daß „die angenehme Zeit", „der Tag des Heils" (2. Korinther 6, 2), seinen Anfang nahm. Der Spätregen wird der Gemeinde offenbaren, daß dieser Tag zu Ende geht, weil sich der himmlische Hohepriester in der unsichtbaren Welt anschickt, den Dienst der Versöhnung zu beenden, um den Schlußakt des Erlösungsplanes mit seiner Wiederkunft einzuleiten.

Wer oder was ist der Heilige Geist?

Der Heilige Geist ist ein Geheimnis

Wer es wagt, nach dem Wesen und der Person des Heiligen Geistes zu fragen, stößt dabei nicht nur an die Grenze der Aussagefähigkeit unserer Sprache, sondern an die Grenzen unserer Vorstellungskraft und unseres Denkens überhaupt. „Es ist für uns nicht wichtig, genau erklären zu können, was der Heilige Geist ist . . . Das Wesen des Heiligen Geistes ist ein Geheimnis. Menschen können es nicht erklären, weil Gott es ihnen nicht offenbart hat." [15]

Christus selbst will uns vor Spekulationen und gedanklichen Konstruktionen bewahren. Er sagt, daß der Geist „nicht aus sich selber reden" wird (Johannes 16, 13). In erster Linie spricht die Schrift von dem, was der Heilige Geist wirkt und was durch ihn geschieht; erst an zweiter Stelle davon, was er *ist*. Nicht theologisch-abstrakt, sondern durch bildhafte Vergleiche versucht Gottes Wort uns in das geheimnisvolle Wesen und Wirken des Geistes einzuführen. Er gleicht

1. dem Feuer, das reinigt, wärmt und leuchtet (Apostelgeschichte 2, 3; Lukas 12, 49);
2. dem Wasser, das belebt, erfrischt, Wachstum und Gedeihen schenkt (Johannes 7, 37–39);
3. dem Wind, der unsichtbar kommt, wie ein Sturm einherfegen, aber auch sanft wehen kann (Johannes 3, 8);
4. einem Siegel, das uns als Gottes Eigentum ausweist und unantastbar macht (2. Korinther 1, 21. 22);
5. einem Pfand, durch das wir die Gewißheit der Erlösung in Christus bestätigt bekommen (2. Korinther 5, 5).

Der Heilige Geist ist eine Person

Die Lehre von der Dreieinigkeit schließt ein, daß nicht nur Gott-Vater und Gott-Sohn, sondern auch der Heilige Geist eine Person ist. Vater, Sohn und Geist sind nicht drei Erscheinungsformen einer Person, sondern drei Personen gleichen Wesens und damit drei „Ich" (Matthäus 28, 19). Im Glauben an den Heiligen Geist geht es wie im Glauben an Gott und seinen Sohn um ein personales Geschehen, um eine Begegnung von Person zu Person. Wenn der Heilige Geist zu uns kommt und in uns als Person wohnt (Römer 8, 11), geht er doch nicht in uns auf. Er bleibt immer der ganz andere, ein selbständiges Gegenüber.

„Er ist als Person auch ein anderer als der, zu dem ich mich im ersten Glaubensartikel (Ich glaube an Gott den Vater, den Allmächtigen, Schöpfer Himmels und der Erden) bekenne, als der Gott über mir und seiner ganzen Schöpfung, als Gott-Vater. Auch ein anderer als Jesus Christus, der Gott für mich, der für mich Mensch Gewordene, Gestorbene und Auferstandene, der eingeborene Sohn Gottes, mein Herr. Er ist der Gott bei und in uns, aber er ist eben dies in voller Einheit mit dem Vater und dem Sohn." [16]

Als Person kann der Heilige Geist deshalb erbittert und betrübt werden (Jesaja 63, 10; Epheser 4, 30); man kann ihm gefallen (Apostelgeschichte 15, 28); er spricht (Matthäus 10, 20), hört (Johannes 16, 13), überzeugt (Johannes 16, 8), teilt mit (Römer 5, 5), lehrt (Johannes 14, 26), tröstet (Apostelgeschichte 9, 31), sendet (Jesaja 48, 16; Apostelgeschichte 16, 6. 7), forscht (1. Korinther 2, 10. 11), vertritt (Römer 8, 26. 27) und verwehrt (Apostelgeschichte 16, 6. 7). Man kann ihm widerstreben (Apostelgeschichte 7, 51), ihn schmähen (Hebräer 10, 29) und anrufen (Hesekiel 37, 9. 14). [17]

In der griechischen Sprache des Neuen Testaments trägt das Wort „Geist" zwar den sächlichen Artikel (to pneuma). In Johannes 16, 13. 14 aber macht Christus deutlich, daß der Heilige Geist keine unpersönliche Kraft, sondern eine kraftvolle Persönlichkeit ist: „Wenn aber *jener* (männlich), der Geist der Wahrheit, kommen wird, der wird euch in alle Wahrheit leiten ... *Jener* (Luther: derselbe) wird mich verherrlichen."

„Im griechischen Originaltext müßte dem sächlichen Wort ‚Geist' ein sächliches Pronomen (Fürwort) zugeordnet sein. Aber das Pronomen ist gegen die grammatikalische Regel männlich ... Damit wird eindeutig ausgedrückt, daß der Heilige Geist keine Sache, sondern eine Person ist." [18]

Gewiß spricht die Schrift oft davon, daß der Heilige Geist als Kraft ausgegossen ist (Lukas 24, 49; Apostelgeschichte 2, 17). Tätigkeit und Wirkungsweise des Heiligen Geistes kommen darin anschaulich zum Ausdruck, wie auch in den erwähnten Bildvergleichen (siehe S. 26). Keinesfalls aber wird dadurch die Person des Heiligen Geistes angetastet oder in Frage gestellt.

Der Heilige Geist ist zugleich Geber und Gabe

Anbetend singen wir oft am Schluß unserer Gottesdienste: „Die Gnade unsers Herrn Jesu Christi und die Liebe Gottes und die Gemeinschaft des Heiligen Geistes sei mit uns allen! Amen."

Stammelnd bekennen wir in dieser Liedstrophe, daß der Heilige Geist Gott ist (vergleiche 2. Korinther 13, 13). Jede Person der Dreieinigkeit ist nicht ein Drittel, sondern der ganze Gott.[19] Vater und Sohn sind durch den Heiligen Geist in uns. „Und ich will den Vater bitten, und er wird euch einen andern Tröster geben, . . . den Geist der Wahrheit, welchen die Welt nicht kann empfangen . . . Ihr aber kennet ihn, denn er bleibt bei euch und wird in euch sein . . . Wer mich liebt, der wird mein Wort halten; und mein Vater wird ihn lieben, und wir werden zu ihm kommen und Wohnung bei ihm machen." (Johannes 14, 16. 17. 23.) Gott ist nicht teilbar. Wenn der Heilige Geist in uns ist, ist mit ihm der Vater und der Sohn in uns.

Als Person ist der Heilige Geist der Geber seiner Gaben an die Gemeinde. „Es sind mancherlei Gaben; aber es ist ein Geist . . . In einem jeglichen offenbaren sich die Gaben des Geistes zu gemeinem Nutzen." (1. Korinther 12, 4. 7.) Gleichzeitig aber ist der Heilige Geist selbst *die* Gabe, die Vater und Sohn der Gemeinde zwischen Pfingsten und Wiederkunft als „Tröster", „Fürsprecher", „Angeld" und „Pfand" gegeben haben. In der Pfingstpredigt bezeichnet Petrus den Heiligen Geist als „die Gabe".

„Das zwiefache Geheimnis des Heiligen Geistes ist: daß er in Einem Geber und Gabe ist. So wie der Sohn Gottes der Hohepriester und das Opfer in einem ist, so ist der Heilige Geist der Geber, der sich selbst gibt. Wenn der Heilige Geist sich selbst gibt, hört er doch nicht auf, der Geber zu sein."[20]

Die Gaben des Heiligen Geistes

In einem jeglichen offenbaren sich die Gaben des Geistes zu gemeinsamen Nutzen. Einem wird gegeben durch den Geist, zu reden von der Weisheit; dem andern wird gegeben, zu reden von der Erkenntnis, nach demselben Geist; einem andern der Glaube, in demselben Geist; einem andern die Gabe, gesund zu machen, in dem *einen* Geist; einem andern die Kraft, Wunder zu tun; einem andern Weissagung; einem andern, Geister zu unterscheiden; einem andern mancherlei Zungenrede; einem andern, die Zungen auszulegen. Dies alles aber wirkt derselbe *eine* Geist und teilt einem jeglichen das Seine zu, wie er will.

1. Korinther 12, 7—11

Was verstehen wir unter „Geistesgaben"?

Als der Heilige Geist ausgegossen wurde, schenkte Gott der Gemeinde mit dieser Gabe eine Fülle von Gaben und Fähigkeiten. Jedem Glied am Leib Jesu steht dieser Reichtum offen. Paulus betont in 1. Korinther 12, 11, daß der Heilige Geist „einem jeglichen das Seine zuteilt, wie er will".

Gemeinde in Gefahr

Über die sogenannten „Geistesgaben" besteht zur Zeit viel Unklarheit. Entweder schweigt man völlig darüber, weil man keinen Mangel spürt und mit der „richtigen Lehre" oder der „ganzen Botschaft" theoretisch zufrieden ist. Man stellt sich unter den Gaben des Geistes etwa außergewöhnliche, wunderhafte Zeichen und Kraftwirkungen vor, vielleicht sogar ekstatische Äußerungen. Mancher hört von „Zungenreden" und „Wunderheilungen" und wird in seiner Glaubensüberzeugung unsicher, weil diese Erscheinungen in seiner Gemeinde offenkundig nicht vorhanden sind. Ein anderer wieder verwechselt die Gaben des Geistes mit der „Frucht des Geistes", obwohl das Neue Testament deutlich zwischen Geistesgaben und Geistesfrucht unterscheidet (1. Korinther 12, 7; Galater 5, 22).

Es gibt Gläubige, die dazu neigen, den Geistesgaben vor der Geistesfrucht größere Bedeutung und einen höheren Rang beizumessen. Schließlich kann es so weit kommen, daß man die Geistesgaben nach ihrem spektakulär-wunderhaften Charakter bewertet und nur dem den Geistbesitz zugesteht, der in Zungen redet, Wunder vollbringt und Zukünftiges weissagt.

Bei all diesen Meinungen geraten Menschen in innere Not. Im verborgenen stellt man sich die Frage, ob nicht entscheidende Erfahrungen fehlen, die notwendig sind, um gerettet zu werden.

Vergessen wir nie, daß es nicht nur die Gabe des Heiligen Geistes gibt. In dieser Welt existieren viele „Geister", „falsche Apostel", „falsche Propheten", mitunter mitten in der Gemeinde. Darum gilt es, wach zu sein und zu prüfen. „Glaubet nicht einem jeglichen Geist, sondern prüfet die Geister, ob sie von Gott sind;

denn es sind viele falsche Propheten ausgegangen in die Welt."
(1. Johannes 4, 1.) Warnend weist Jesus in dem bedeutsamen Kapitel über die Zeichen der Endzeit darauf hin, daß „mancher falsche Christus und falsche Propheten aufstehen werden und große Zeichen und Wunder tun, so daß, wenn es möglich wäre, auch die Auserwählten verführt würden" (Matthäus 24, 24). Wir sind, wollen wir uns nicht „bewegen und umhertreiben lassen von jeglichem Wind der Lehre" (Epheser 4, 14), auf die Heilige Schrift als Norm und Richtschnur unseres Glaubens angewiesen.

„Das ist um so dringlicher, als es eine Berufung auf den Heiligen Geist gibt, die nicht im Einklang mit dem Ratschluß Gottes und seinem Weg zum Kreuz steht und deshalb in die Irre führt. Die Rechtmäßigkeit der Berufung auf den Heiligen Geist muß am Wort, am Ganzen des Wortes geprüft werden ... Wort und Geist, Geist und Wort gehören zusammen." [1]

Deshalb kann der Heilige Geist nicht gegen das geschriebene Wort und das Wort nicht gegen den Heiligen Geist stehen, haben doch „Menschen im Namen Gottes geredet" und geschrieben, „getrieben von dem heiligen Geist" (2. Petrus 1, 21). Der Heilige Geist bringt keine neue Lehre. Er wirkt nicht abseits vom Wort, sondern im und durch das Wort. Deshalb steht er immer in Übereinstimmung mit der Schrift, weil er nicht mit sich selbst in Widerspruch geraten kann.

„Rühme dich nicht viel des Geistes, wenn du nicht das offenbarte, äußerliche Wort hast. Denn es wird gewiß nicht ein guter Geist sein, sondern der leidige Teufel ... Denn der Heilige Geist hat ja seine Weisheit, Rat und alle Geheimnisse in das Wort gefasset und in der Schrift offenbaret, daß sich niemand zu entschuldigen noch etwas anderes zu suchen und zu forschen habe, ist auch nichts Besseres und Höheres zu lernen noch zu erlangen, als was die Schrift von Jesus Christus, Gottes Sohn, unserem Heiland, für uns gestorben und auferstanden, lehret." [2]

Begriffsbestimmungen und Wortbedeutung

Die uns geläufigen Bezeichnungen „Gaben des Geistes" oder „geistliche Gaben" kommen im griechischen Text des Neuen

Testaments wörtlich überhaupt nicht vor. Mit diesen Formulierungen wird der Versuch unternommen, das griechische Wort *Charisma* (Einzahl) oder *Charismata* (Mehrzahl) wiederzugeben. Mitunter stehen im griechischen Text noch andere Wörter, wo in der Lutherübersetzung „Gaben des Geistes" oder „geistliche Gaben" zu lesen ist (1. Korinther 12, 1. 7; 14, 1).

Das Wort „Charisma" gab es im klassischen Griechisch noch nicht. Erst in der griechischen Umgangssprache zur Zeit der Entstehung des Neuen Testaments (auch „Koine" genannt) taucht diese Wortbildung auf.[3] In den wenigen Belegstellen außerhalb des Neues Testaments bedeutet „Charisma" immer Gabe, Geschenk, Wohltat, Zuwendung. Offenbar hat Paulus dieses Wort der hellenistischen Umgangssprache als besonders geeignet angesehen, weil es religiös und kultisch unbelastet war, um wesentliche Gedanken der christlichen Lehre und Erfahrung auszudrücken. Das Wort wird nur gebraucht, um eine von seiten Gottes dem Menschen geschenkte Gabe zu bezeichnen. „Das Gewicht dieses Begriffes für das Verständnis . . . der gesamten Theologie des Apostels tritt damit zutage, daß wir mit größter Sicherheit behaupten dürfen, erst Paulus habe ihn technisch gebraucht und in die theologische Sprache eingeführt."[4]

„Hervorgehoben zu werden verdient, daß wir das bei keinem andern paulinischen Begriff mit annähernd gleicher Sicherheit zu behaupten vermögen."[5] Sechzehnmal verwendet Paulus das Wort „Charisma" in seinen Briefen, Petrus ein einziges Mal. Sonst kommt es als Substantiv im Neuen Testament nicht mehr vor.

Der Gebrauch des Wortes „Charisma"
bei Paulus

Die allgemeine Verwendung des Wortes durch Paulus

Wenden wir uns zunächst den Schriftstellen zu, in denen Paulus das Wort in der allgemeinen Bedeutung seiner Zeit benutzt, ohne dabei die Geistesgaben im Blickfeld zu haben. Erst aus dem Zusammenhang des Schriftabschnittes wird deutlich, mit welchem Inhalt Paulus das Wort „Charisma" jeweils füllt.[6]

„Denn der Sünde Sold ist Tod; das Charisma Gottes [Luther: Gottes Gabe] aber ist ewiges Leben in Christus Jesus, unserm Herrn." (Römer 6, 23.) Paulus sieht die unzähligen Menschen vor sich, die Leib und Leben in den Dienst der Sündenmacht gestellt haben und wie Soldaten ihren Sold ausgezahlt bekommen. Die Soldzahlung der Sünde ist der Tod. Demgegenüber wird durch Gott dem Menschen das ewige Leben als unverdientes Geschenk angeboten. Das „volle, freie, ew'ge Heil hat Jesus uns gebracht"; das ist *das* Charisma Gottes. Alle andern Charismata, von denen Paulus später als Wirkungen des Heiligen Geistes spricht, gibt es nur, weil es dies eine Charisma Gottes gibt.

Auch in Römer 5, 15. 16 gebraucht Paulus dieses Wort in der aussagekräftigen Gegenüberstellung von Adam und Christus: „Aber nicht verhält sich's mit dem Charisma [Luther: der Gabe] wie mit der Sünde . . . das Charisma [Luther: die Gnade] aber hilft aus vielen Sünden zur Gerechtigkeit." Wiederum ist „Charisma" auf die Heilstat Christi bezogen und bezeichnet das Geschenk der Gerechtsprechung des Sünders durch Gott. In beiden Versen wechselt Paulus beliebig zwischen dem Wort „Charisma" und anderen griechischen Begriffen, die immer ein unverdientes Geschenk bezeichnen. Jedesmal ist von Gottes Gnade die Rede, die den Sünder ohne Eigenverdienst rechtfertigt.

In 2. Korinther 1, 11 dankt Paulus für ein Charisma, das ihn selbst und wahrscheinlich seinen Mitarbeiter Timotheus betrifft. „Dazu helft auch ihr durch eure Fürbitte für uns, auf daß unsertwegen für das Charisma [Luther: die Gabe], das uns gegeben ist, durch viele Personen viel Dank geschehe." Worin besteht die Gabe, für die mit Paulus viele dankend Gott preisen? Der Textzusammenhang spricht von der Rettung des Apostels aus einer nicht näher bezeichneten Lebensgefahr. Paulus, der sich gewiß nicht an das „Leben im Fleisch" geklammert hat und bereit war abzuscheiden (Philipper 1, 22. 23), hat den rettenden Eingriff Gottes als Geschenk empfunden, an dem die Korinther mit ihrer Fürbitte beteiligt gewesen sind. *Charisma* ist hier das wiedergeschenkte Leben aus Todesnot.

Am Beginn seines Briefes an die Gemeinde zu Rom spricht Paulus den Wunsch aus, der Gemeinde bei seinem Besuch ein Charisma zu übermitteln. „Denn mich verlangt, euch zu sehen, auf daß ich euch mitteile etwas von einem geistlichen Charisma [Luther: geistlicher Gabe], euch zu stärken." (Römer 1, 11.) Worin die erhoffte Gabe für die Gemeinde besteht, wird nicht näher ausgeführt. Paulus kennzeichnet sie lediglich durch das Eigenschaftswort „geistlich". Die Wendung ist im griechischen Text bewußt unbestimmt gehalten und kann mit „irgend etwas eines geistlichen Charisma" wiedergegeben werden. Paulus ist überzeugt, daß die Gemeinde während seines angekündigten Besuchs durch Gott geistlich gestärkt wird.

In den Ausführungen über die Ehe stellt Paulus in 1. Korinther 7, 7 fest: „Ich wollte wohl lieber, alle Menschen wären, wie ich bin; doch ein jeglicher hat sein eigenes Charisma [Luther: seine eigene Gabe] von Gott, einer so, der andere so." Der Apostel bezeichnet nicht die Ehelosigkeit an sich als Charisma, sondern seine eigene Ehelosigkeit.[7] Ob er ledig oder verwitwet war, spielt dabei eine untergeordnete Rolle. Sein Unverheiratetsein befähigte ihn zu einem ungeteilten Dienst für Christus. „Wer ledig ist, der sorgt um des Herrn Sache, nämlich wie er dem Herrn gefalle." (1. Korinther 7, 32.) Paulus will sich nicht selbst zum Maßstab für andere machen. Deshalb schreibt er: „Ein jeglicher hat sein eigenes Charisma von Gott, einer so, der andere so." Wahrscheinlich will er damit andeuten, daß Ehelosigkeit wie auch Ehestand Charisma, also Geschenk und Gabe, sein können.

Schließlich bezeichnet der Apostel die besonderen Gaben, die Gott seinem Volk in alttestamentlicher Zeit gegeben hat, als Charismata, die ihn nie gereuen werden: „Denn Gottes Charismata

[Luther: Gottes Gaben] und Berufung können ihn nicht gereuen."
(Römer 11, 29.) Dabei denkt Paulus wohl an die geschichtlichen
Vorzüge Israels, die in Römer 9, 1—5 aufgezählt werden. Unter
diesen Charismata ist die „Berufung" die wichtigste.

Zusammenfassend können wir feststellen, daß Paulus das Wort
„Charisma" in den angeführten Texten zur Bezeichnung verschie-
denartiger Gaben und Geschenke benutzt. Dabei geht er im
Sprachgebrauch nicht über die hellenistische Bedeutung des Wortes als Gabe, Zuwendung, Wohltat hinaus. Auffallend ist lediglich,
daß er die Gabe jeweils auf Gott bezieht.

Der spezifische Gebrauch von „Charisma" bei Paulus

Neben dem allgemeinen Gebrauch von „Charisma" bekommt
das Wort in folgenden Bibelstellen eine neue, und zwar spezi-
fische Färbung: 1. Korinther 12, 4. 9. 28. 30. 31; 1, 7; Römer
12, 6; 1. Timotheus 4, 14; 2. Timotheus 1, 6 und 1. Petrus 4, 10.
Es wird zu einem Begriff mit besonderem Inhalt und einem Gewicht, wie sie dem Wort bisher nicht eigen waren. Es bezeichnet
bestimmte Funktionen, außergewöhnliche und gewöhnliche
Fähigkeiten, Begabungen einzelner Christen zum Dienst in der
Gemeinde und wird damit zum Fachausdruck für das, was wir
„Gaben des Heiligen Geistes" oder „geistliche Gaben" nennen.

Aus der deutschen Bezeichnung „Gaben des Geistes" ergibt sich
folgende Fragestellung: Handelt es sich um Gaben, die dem Heiligen Geist als Qualitäten innewohnen und mit seiner Person
gleichgestellt werden müssen? Oder sind Gaben, Fähigkeiten,
Wirkungsweisen gemeint, die der Geist austeilt und verschenkt,
die man aber nicht mit seiner Person identifizieren kann, so wenig
wie wir etwa die Schöpfung mit dem Schöpfer gleichsetzen dürfen? Diese Fragestellung wird uns mit ihren Folgerungen später
noch beschäftigen.

Es ist auffallend, daß sich die Auseinandersetzung des Apostels
mit den Charismata auf das 12. Kapitel des 1. Korintherbriefes
konzentriert. Er muß dieser Gemeinde einen charismatischen
Reichtum bescheinigen, so daß sie „keinen Mangel" hat an „ir-
gendeinem Charisma" (Kapitel 1, 6. 7).

„Es sind mancherlei Charismata; aber es ist ein Geist." (12, 4.)
„. . . einem andern [wird gegeben] das Charisma, gesund zu machen." (12, 9.)
„. . . danach Charismata, gesund zu machen." (12, 28.)
„Haben sie alle Charismata, gesund zu machen?" (12, 30.)
„Strebet aber nach den besten Charismata!" (12, 31.)
In der Lutherübersetzung wird an diesen Stellen das Wort „Charismata" immer mit „Gaben" wiedergegeben.

Wer gibt der Gemeinde diese besonderen geistlichen Gaben (Charismata)?

Auf diese Frage gibt Paulus drei verschiedene Antworten, die doch zusammen eine bilden. Zunächst bezieht er in 1. Korinther 12, 28 die vielfältigen Charismata auf Gott: *„Gott* hat gesetzt in der Gemeinde . . ." Danach nennt er Träger charismatischer Gaben und einige Begabungen, unabhängig von Personen. Im Epheserbrief schreibt der Apostel unbefangen: „Und er [Christus] hat etliche zu Aposteln gesetzt, etliche zu Propheten, etliche zu Evangelisten, etliche zu Hirten und Lehrern." (Epheser 4, 11.) Schließlich führt Paulus nach der umfangreichen Gabenaufzählung in 1. Korinther 12, 8—11 die Gaben auf den Heiligen Geist zurück: „Dies alles aber wirkt derselbe eine *Geist.* "
In gleicher Weise bindet Paulus in 1. Korinther 12, 2—4 die verschiedenen Dienstgaben und Kraftwirkungen an den einen Geist, den einen Herrn und den einen Gott. Alle Gaben haben nur einen Ursprung, nur einen Geber. Paulus schreibt hier undogmatisch bei aller dogmatischen Gebundenheit. Alle drei Personen der Gottheit bilden eine untrennbare Einheit. Was der Geist gibt, gibt zugleich auch der Sohn und der Vater.

Charismatische Probleme
in der Gemeinde zu Korinth

Warum setzt sich Paulus in dem ersten Brief an die Korinther in drei Kapiteln (12—14) mit den Geistesgaben und der Geistesfrucht auseinander? Welche Ursachen veranlaßten ihn, diese bedeutsamen Kapitel zu schreiben, für die wir nicht genug danken können, selbst wenn sie manche Auslegungsschwierigkeiten enthalten?

Die Entstehung der Gemeinde Korinth

Paulus kannte die Gemeinde zu Korinth persönlich aufs beste. Nach dem Bericht der Apostelgeschichte (Kapitel 18) wurde diese Gemeinde durch seinen Dienst gegründet. Von Athen aus kam er im Herbst des Jahres 50 n. Chr. in die berüchtigte Hafenstadt und wirkte dort ein Jahr und sechs Monate. Durch eine Offenbarung ermutigte ihn Gott, die Arbeit nicht vorzeitig abzubrechen; denn „ich habe ein großes Volk in dieser Stadt" (Apostelgeschichte 18, 10). Sich selbst bezeichnet Paulus als geistlichen Vater der Gemeinde: „Ich habe euch gezeugt in Christus Jesus durchs Evangelium." (1. Korinther 4, 15.) Nach seiner Abreise bestand zwischen ihm und der Gemeinde ein reger Briefwechsel. Der Brief, der im Neuen Testament als 1. Korintherbrief bezeichnet wird, ist nicht der erste, den Paulus an die Korinther geschrieben hat. Es handelt sich mindestens um den zweiten Brief. „Ich habe euch geschrieben in dem Briefe . . ." (1. Korinther 5, 9.) Auf Grund dieses uns unbekannten Briefes haben sich die Korinther wieder schriftlich an den Apostel gewandt. „Wovon ihr aber mir geschrieben habt, darauf antworte ich . . ." (1. Korinther 7, 1.) Der 1. Korintherbrief besteht zum großen Teil aus seelsorgerisch-ermahnenden und lehrhaften Antworten, die sich mit den Fragen der Korinther und dem Zustand der Gemeinde auseinandersetzen.

Wann schrieb Paulus diesen Brief? Es ist möglich, das Jahr fast genau zu bestimmen. Paulus liefert dazu selbst den Anhaltspunkt. Aus 1. Korinther 16, 8 ist zu entnehmen, daß er von Ephesus aus schrieb. Dort wirkte er vermutlich von 54 bis 56 n. Chr. Wenn Paulus im Jahre 51 die Gemeinde Korinth gegründet hat, wandte er sich nun an eine Gemeinde, die höchstens fünf, wahrscheinlich aber erst drei Jahre alt war. Sie konnte sich noch nicht auf ein Leitbild christlichen Lebens stützen; ihr fehlte jede positive Gemeindetradition. Keiner aus ihrer Mitte war in einem christlichen Elternhaus aufgewachsen. Darüber hinaus stand die junge Gemeinde in der Auseinandersetzung mit der hellenistischen Umwelt, mit ihren Einflüssen und geistigen Strömungen. Dabei konnte sie nicht auf das Neue Testament als Norm des Glaubens und der Lehre zurückgreifen. Und welcher Gläubige besaß schon das Alte Testament in der griechischen Sprache? Das alles darf man beim Lesen und Auslegen nicht übersehen.

Der geistliche Stand der Gemeinde Korinth

Von den sittlich-ethischen Verhältnissen können wir uns folgendes Bild machen:

1. In der Gemeinde gab es verschiedene Gruppierungen und Spaltungen, die zu Zank reichlich Anlaß boten (1. Korinther 1, 10—17).
2. Eine gefährliche Überheblichkeit bedrohte das geistliche Wachstum der Gemeinde (1. Korinther 4, 6—13).
3. Die Gemeinde duldete in ihrer Mitte einen schweren Fall von Unzucht (1. Korinther 5).
4. Sie trugen persönliche Streitigkeiten vor weltlichen Gerichten aus (1. Korinther 6, 1—8).
5. Auf Grund ihrer Auffassung von christlicher Freiheit glaubten sie, daß der Weg zur Dirne ihr Verhältnis zu Christus nicht berühre (1. Korinther 6, 9—20).
6. Im Gemeindeleben nahmen sie sich Freiheiten heraus, die der damaligen Sitte und dem Anstand widersprachen (1. Korinther 11, 1—10).
7. Die Feier des Abendmahls wurde durch vorangehende Mahlzeiten, die zu unbrüderlichen Schlemmereien ausarteten, entwürdigt (1. Korinther 11, 17—34).

Selbstverständlich blieb das alles nicht ohne Einfluß auf das geistliche Leben der Korinther. Wohl werden sie in den einleitenden Briefworten als „Geheiligte in Christus", als „berufene Heilige" angesprochen (1. Korinther 1, 2), doch damit bezeichnete Paulus ihren Stand vor Gott in Christus.

Wie war es aber um das persönliche Wachstum bestellt? Mit Bedauern stellt Paulus fest, daß er zu ihnen nicht wie zu „Geistlichen" (griechisch: Pneumatikoi), sondern nur wie zu „Fleischlichen" sprechen kann (1. Korinther 3, 1. 2). Er nennt sie „junge Kinder in Christus". Die griechische Sprache kennt verschiedene Wörter, um die einzelnen Stufen des Kindseins zu verdeutlichen. „Mit neepios (Luther: junge Kinder) wird vor allem die kindliche Hilflosigkeit, Unerfahrenheit und Einfalt charakterisiert; es kann die Bedeutung bis zu ‚töricht' annehmen." [8]

Paulus rügt nicht ihr Jungsein an Jahren, sondern ihr geistliches Zurückgebliebensein: hilflos, unerfahren, unmündig sind sie! Eine Gemeinde kann jung an Jahren und doch geistlich reif sein, wie umgekehrt eine an Jahren reiche Gemeinde geistlich sehr arm sein kann. Die Gemeinde Korinth war aber nicht nur jung an Jahren, sondern in ihrem geistlichen Wachstum weit zurückgeblieben.

Neben dieser kritischen Einschätzung steht überraschenderweise der Dank des Apostels für einen offenkundigen Reichtum der Gemeinde. Sie war reich am Wort und in der Erkenntnis, reich in allen Stücken und hatte „keinen Mangel . . . an irgendeiner Gabe" (1. Korinther 1, 4—7).

Vergleicht man diesen Dank des Apostels mit Dankesworten in anderen Briefen, so wird man nachdenklich. Im Kolosser- und Epheserbrief dankt Paulus Gott für „den Glauben und die Liebe" (Kolosser 1, 3. 4; Epheser 1, 15. 16). „Mit Freuden" dankt er für die „Gemeinschaft [der Gemeinde Philippi] am Evangelium vom ersten Tage an bis hierher" (Philipper 1, 3—5). In den Thessalonicherbriefen lobt er überschwenglich das Werk im Glauben, die Arbeit in der Liebe, die Geduld in der Hoffnung (1. Thessalonicher 1, 2. 3). Er preist Gott dafür, daß ihr Glaube immer mehr wächst, die Liebe zunimmt, die Geduld in Verfolgungen nicht erschüttert wird (2. Thessalonicher 1, 3. 4). Das alles gehört zur „Frucht des Geistes", für die der Apostel dankt. Davon lesen wir aber nichts in den beiden Korintherbriefen. Paulus dankt zwar für die Charis-

40

mata, die sie empfangen haben. Was er aber verschweigt, spricht lauter als das, was er sagt: Reich an Gaben, aber arm an der Frucht des Geistes![9]

Im 2. Korintherbrief spricht er schließlich noch eine berechtigte Sorge aus. Die Gemeinde stand in der Gefahr, einen „andern Geist" aufzunehmen, den sie ursprünglich nicht empfangen hat (2. Korinther 11, 4). Paulus bringt diese Gefährdung mit der „Schlange" in Verbindung, die die Gemeinde von der Einfalt in Christus zu vermeintlich höheren Erkenntnissen führen will.

Die briefliche Anfrage der Gemeinde Korinth

Wenn Paulus im 1. Korintherbrief auf schriftlich gestellte Fragen eingeht, beginnt er jeweils mit einer bestimmten Redewendung, die auch das 12. Kapitel einleitet.[10] Die drei zusammengehörigen Kapitel 12—14 enthalten demnach die Antwort des Apostels auf eine Frage oder Anfrage der Korinther. Sie muß nach dem, was Paulus in den drei Kapiteln ausführlich behandelt, nicht theoretisch-lehrhafter Natur gewesen sein, sondern ein verkehrtes Geist- beziehungsweise Gemeindeverständnis der Korinther betroffen haben, das den Gottesdienst in seinem Kern und das Verhältnis der Glieder untereinander empfindlich berührte.

Worin bestand die Anfrage der Gemeinde? Folgt man der Lutherübersetzung, so müßte eine Anfrage über die Charismata vorgelegen haben: „Was aber die geistlichen Gaben betrifft . . ." (1. Korinther 12, 1). Im griechischen Text steht aber nicht, wie eigentlich zu erwarten, das Wort „Charismata", sondern „Pneumatikoi". „Was aber die Pneumatiker betrifft . . ."[11]

Wahrscheinlich setzt sich Paulus auf Grund der Anfrage mit einem bestimmten Kreis von Personen auseinander, die sich als „Pneumatiker", als „Geistbegabte" bezeichneten. Unmißverständlich spricht Paulus in 1. Korinther 14, 37 davon, daß es solche Personen in der Gemeinde gegeben haben muß: „So sich jemand läßt dünken, er sei ein Prophet oder ein Pneumatiker" (Luther: vom Geist erfüllt).

Hinter die Lutherübersetzung: „Über die geistlichen Gaben aber . . ." (1. Korinther 12, 1) darf man berechtigterweise ein

Fragezeichen setzen. Wahrscheinlicher ist es, daß Paulus seine Ausführungen so beginnt: „Über die Pneumatiker (Geistbegabten) aber will ich euch, liebe Brüder, nicht in Unwissenheit lassen." Deshalb entwickelt er in seiner Antwort auch keine von den Verhältnissen in der Gemeinde unabhängige „Lehre über die Charismata". Er hat vielmehr eine Gruppe im Auge, die eine verkehrte Vorstellung vom Wesen und Wirken des Geistes hatte, durch die die Einheit der Gemeinde bedroht war.

Paulus korrigiert das falsche Geistverständnis
der Gemeinde

Auf Grund der Schwerpunkte, die der Apostel in den drei Kapiteln setzt, müssen wir annehmen, daß bei denen, die sich als Pneumatiker fühlten, das sogenannte „Zungenreden" (Glossolalie) eine Schlüsselrolle gespielt hat. Das Wort „Glossolalie" ist aus zwei griechischen Wörtern gebildet, nämlich „glossa" (Zunge) [12] und „lalein" (reden, sprechen). Glossolalie ist ein theologischer Fachausdruck für die „Sprachengabe" oder das „Reden in einer unbekannten Zunge".

In jedem Fall trägt das Zungenreden den Schein des Wunderhaften an sich, fällt besonders ins Auge, kann auch mit ekstatischen Äußerungen verbunden sein. Die Auseinandersetzung mit diesem Personenkreis, der das Zungenreden in der Gemeinde pflegte, ist das Ziel des Apostels (siehe 1. Korinther 14).

Auf der einen Seite standen in der Gemeinde die „Pneumatiker", die auf Grund ihrer besonderen Gabe hohes Ansehen beanspruchten und genossen. Sie schoben sich selbst in den Vordergrund, ließen andere nicht zu Wort kommen, meinten „mit Engelzungen" zu reden (1. Korinther 13, 1), eiferten, prahlten, blähten sich auf und benahmen sich unschicklich (nach 1. Korinther 13, 4. 5). Auf der anderen Seite waren Gläubige ohne Besitz dieser aufsehenerregenden Fähigkeiten. Sie wurden nicht zu den „Pneumatikern" gezählt. Begehrlich blickten sie deshalb nach den vermeintlich „höheren Gaben". [13]

Mit diesem falschen Geistverständnis, das aus der Zeit vor ihrer Bekehrung herrührt und typisch hellenistische Züge trägt, [14] setzt

42

sich Paulus liebevoll, aber bestimmt auseinander. Wodurch versucht er, beiden Gruppen in der Gemeinde zu helfen?

1. Vom Christusbekenntnis des einzelnen Gläubigen schlußfolgert der Apostel auf den Besitz des Heiligen Geistes. „*Niemand* kann Jesus den Herrn heißen ohne durch den heiligen Geist." (1. Korinther 12, 3.) Da aber jeder in der Gemeinde Jesus als Herrn bekennt, hat jeder auch den Heiligen Geist empfangen. Pneumatiker sein ist demnach keine besondere Eigenschaft bevorzugter Menschen. Jedes Gemeindeglied ist Pneumatiker, insofern es Christus als seinen Herrn bekennt und in ihm lebt. „Der Heilige Geist ist nicht die Sonderausstattung einzelner ‚großer' Leute im Reiche Gottes, sondern die unentbehrliche Grundlage wirklichen Christseins für jedermann." [15]

2. „Denn wir sind durch einen Geist *alle* zu einem Leibe getauft, wir seien Juden oder Griechen, Unfreie oder Freie, und sind *alle* mit einem Geist getränkt." (1. Korinther 12, 13.) „Wir", das sind die Briefschreiber Paulus und Sosthenes; das sind die Korinther als Empfänger des Briefes; das sind alle, „die den Namen unsers Herrn Jesus Christus anrufen an jedem Ort" (1. Korinther 1, 1. 2). Dazu gehört jeder, der die neue Geburt erlebt hat und durch die Taufe in den Leib Christi eingegliedert worden ist. Durch ein zweimaliges „alle" unterstreicht der Apostel wiederum, daß jeder in der Gemeinde Pneumatiker ist.

„*Alle*, die durch die neue Geburt gegangen sind . . ., sind auch vom Heiligen Geist getauft. Wir *wurden:* Wie in allen Epistelabschnitten, die sich auf die Taufe des Heiligen Geistes beziehen, spricht der Apostel auch hier von diesem Ereignis in der Vergangenheit.[16] An keiner Stelle der Briefe, die an die Christen gerichtet sind, ermahnt er die Neubekehrten, sich nach der Taufe des Heiligen Geistes auszustrecken.[17] Und doch waren es wahrhaftig die Korinther, die augenscheinlich von allen Christen die Geistestaufe, wie sie heute in gewissen Kreisen aufgefaßt wird,[18] am nötigsten gehabt hätten." [19]

3. An Hand der Gaben, die der Heilige Geist austeilt, unterstreicht Paulus zweimal, daß *jeder* Gläubige durch den Heiligen

Geist irgendeine Gabe erhalten hat und nicht etwa nur diejenigen, die sich als Pneumatiker betrachteten. Wörtlich lautet der 7. Vers: „Einem *jeden* ist die Offenbarung des Geistes gegeben." Dazu 1. Korinther 12, 11: „Dies alles aber wirkt derselbe eine Geist und teilt einem *jeglichen* das Seine zu, wie er will."[20] Wenn aber alle Glieder am Leibe Jesu grundsätzlich irgendein Charisma vom Heiligen Geist erhalten haben, „dann gibt es kein Sonderpneuma, sondern nur einen Geist für alle".[21]

4. Am Verständnis der Gemeinde als „Leib des Christus" tritt noch einmal die einseitige Vorstellung der Korinther über den Geist zutage. Gleichzeitig zeigt Paulus, daß jedes Glied Anteil an dem Geist hat, der den Leib zusammenhält und durchwirkt. Zunächst wendet sich Paulus (lies 1. Korinther 12, 14—20!) an die besorgten Gemeindeglieder. Sie befürchteten, nicht zum geistdurchwirkten Leib zu gehören, konnten sie doch keine außergewöhnlichen Erlebnisse aufweisen. Aus den anschaulichen Vergleichen des Apostels wird deutlich, daß sie sich offenbar benachteiligt fühlten. Die Hand galt im Judentum dem Fuß gegenüber als vornehmeres Glied, während das Auge das vornehmste unter allen war. Wenn auch Auge und Hand höher bewertet werden, sind doch Ohr und Fuß ebenso notwendige Werkzeuge des Leibes. Offensichtlich wendet sich Paulus mit diesen Vergleichen gegen die Minderwertigkeitsgefühle derer, die nicht als Pneumatiker angesehen wurden. „Ohne Bild gesprochen, heißt das: ‚Ihr mit den weniger geachteten Funktionen, unterschätzt eure Bedeutung nicht! Denkt angesichts der angesehenen Gemeindefunktionen doch nicht, ihr seiet überflüssig, eure Funktionen seien für die Existenz der Gemeinde weniger wichtig! Strebt doch nicht nach einer vermeintlich höheren Gabe!'"[22] Diese Gefahr wird im 17. Vers erörtert: alle wollen „Auge" sein, die gleiche Gabe haben, nämlich in Zungen reden, weil sie dadurch nach ihrem Geistverständnis in den Stand des Pneumatikers versetzt werden. In den Versen 21—25 wendet sich Paulus indirekt an die selbstbewußten Pneumatiker. Sie glaubten, die anderen nicht nötig zu haben. Die Schlußfolgerung aus diesem Vergleich heißt: Ihr, die ihr euch angesehener fühlt, verachtet die in euren Augen geringeren Glieder nicht! Vergeßt nicht, daß Gott gerade dem Geringen

größere Ehre gegeben hat (V. 24)! Der Leib Christi darf nicht ge-spalten werden. Die Spaltung aber vollzog sich schon mehr oder weniger bewußt in ihrer Mitte durch die Überheblichkeit der Pneumatiker und die Minderwertigkeitsgefühle derer, die sich benachteiligt fühlten (V. 25).

Die Vielfalt der Charismata
im Neuen Testament

In den neutestamentlichen Briefen gibt es verstreut Hinweise auf die verschiedenen Gaben, Funktionen und Fähigkeiten, die in den werdenden und wachsenden Gemeinden zu finden waren. Teils erwähnt Paulus nur eine Gabe, teils faßt er sie listenartig zusammen. Überall in den Gemeinden entdeckte der Apostel eine Vielfalt von Gaben, die bei aller Unterschiedlichkeit auf einen gemeinsamen Ursprung und ein gemeinsames Ziel weisen. Er beschreibt die vielfältigen Äußerungen des Geistes nicht nur mit dem uns geläufigen Wort „Charismata". Dort, wo er mehr thematisch die verschiedenen Gaben aufzählt und bespricht, „tastet sich Paulus mit unterschiedlichen Bezeichnungen an diese neuen und neuartigen Erscheinungen des Gemeindelebens heran, mit Namen, die diese Wirklichkeiten mehr umschreiben als definieren".[23]

Fünf Begriffe gebraucht er in 1. Korinther 12—14, um der neuen geistlichen Wirklichkeit und Vielfalt gerecht zu werden:

1. Gnadengaben: Kap. 12, 4 (Luther: Gaben, griechisch: Charismata),
2. Dienste: Kap. 12, 5 (Luther: Ämter, griechisch: Diakoniai),
3. Wirkkräfte: Kap. 12, 6 (Luther: Kräfte, griechisch: energēmata),
4. Offenbarung des Geistes: Kap. 12, 7 (Luther: Gabe des Geistes, griechisch: phanerōsis tou pneumatos),
5. Geistesgaben: Kap. 14, 1 (Luther: geistliche Gaben, griechisch: ta pneumatika).[24]

Daß zwischen diesen Bezeichnungen im Zusammenhang mit unserem Thema kein nachweisbarer Unterschied besteht und Paulus die gleichen Gegebenheiten beschreibt, steht außer Zweifel.

Die in den Briefen des Neuen Testaments erwähnten Charismata[25]

1. Thessalonicher 5, 19—21:

Den „Geist" löscht nicht aus!

„Prophetengaben" verachtet nicht!
„Prüfet" aber alles ...

1. Korinther 12, 7—11:

Einem jeden aber wird die Offenbarung des Geistes gegeben
zum Nutzen. Dem einen nämlich wird durch den Geist ge-
geben
„Weisheitsrede", einem andern aber
„Erkenntnisrede" gemäß demselben Geist; einem andern
„Glaube" durch denselben Geist; einem andern aber
„Gaben zum Heilen" durch den einen Geist; einem andern
„Wirkfähigkeiten zu Machttaten"; einem andern
„Prophetengabe"; einem andern aber
„Gaben der Unterscheidung der Geister"; einem andern
„verschiedene Arten von Zungenreden"; einem andern aber
„die Gabe, die Zungenreden auszulegen".
All dies aber wirkt ein und derselbe Geist, der einem jeden
zuteilt, wie er will.

1. Korinther 12, 28—30:

Und Gott hat gesetzt in der Kirche die einen — erstens als
„Apostel", zweitens als
„Propheten", drittens als
„Lehrer", dann (wunderbare)
„Wirkkräfte", dann
„Gaben zum Heilen",
„Hilfeleistungen",
„Leitungsgaben",
„verschiedene Arten von Zungenreden".
Sind etwa alle
„Apostel", etwa alle
„Propheten", etwa alle
„Lehrer"? Haben etwa alle (wunderbare)
„Wirkkräfte", etwa alle
„Gaben zum Heilen"? Reden etwa alle in
„Zungen", (können) etwa alle (diese)
„auslegen"?

Römer 12, 6—8:

> Wir haben aber gemäß der uns gegebenen Gnade unterschiedliche Gnadengaben: sei es eine
> „Prophetengabe", (laßt sie uns gebrauchen) nach Maßgabe des Glaubens, sei es eine
> „Dienstgabe", im (betreffenden) Dienst; sei es
> der „Lehrende" bei der Lehrunterweisung, sei es
> der „Mahnredner" bei der Mahnrede;
> der (Gaben-)„Austeiler" (tue es) in Einfalt,
> der „Vorstehende" mit Eifer,
> der „Barmherzigkeit" übt, in Fröhlichkeit.

Epheser 4, 7. 11:

> Einem jeden von uns wurde die Gnade gegeben nach dem Maß des Geschenkes des Christus. Und er „gab" die einen als
> „Apostel", die andern als
> „Propheten", andere als
> „Evangelisten", (wieder) andere als
> „Hirten" und „Lehrer".

Neben diesen Aufzählungen der Gaben und Dienste finden sich vereinzelt an anderen Stellen Bezeichnungen, die mit einer der genannten zusammenfallen, etwa „der im Wort unterrichtet" (Galater 6, 6) oder „die euch in dem Herrn vorstehen und ermahnen" (1. Thessalonicher 5, 12). Ferner sind zu nennen:

> „Vorsteher" bzw. „Bischöfe" (Philipper 1, 1; 1. Timotheus 3, 2),
> „Presbyter" bzw. „Älteste" (Titus 1, 5) und
> „Diakone" (Philipper 1, 1; 1. Timotheus 3, 8. 12).

1. Petrus 4, 10. 11:

> „Und dienet einander, ein jeglicher mit der Gabe [Charisma], die er empfangen hat, als die guten Haushalter der mancherlei Gnade Gottes: wenn jemand redet, daß er's rede als Gottes Wort; wenn jemand ein Amt [diakonia] hat, daß er's tue als aus dem Vermögen, das Gott darreicht, auf daß in allen Dingen Gott gepriesen werde durch Jesus Christus..."

Schlußfolgerungen, die sich aus der Aufstellung der Charismata ergeben

1. Vergleichen wir diese Aufstellungen miteinander, so fällt auf, daß sie inhaltlich nicht übereinstimmen. Die einzelnen Bezeichnungen sind auch nicht immer streng voneinander zu trennen, fallen mitunter in einer Person oder mit einem Dienst zusammen. Einmal werden die Gaben und Funktionen genannt, ein andermal stehen die Träger der Gaben mehr im Vordergrund. Daraus ergibt sich, daß für Paulus kein Gegensatz zwischen dem, was wir als „Amt" zu bezeichnen pflegen, und den Gaben des Geistes besteht. Gewiß stehen die Charismata als Fähigkeiten und Funktionen im Vordergrund. „Wer hier aber einen Gegensatz zwischen Institution und Charisma konstatieren will, befindet sich in einem Irrtum. Paulus rechnet sein Apostelamt zu den Gaben, die Christus der Gemeinde verliehen hat . . . Betrachtet man die Aufzählungen in 1. Korinther 12 und Epheser 4 unter dem Gesichtspunkt von Amt und Charisma, so ist nur ein Schluß möglich: das Amt ist selbst ein Charisma."[26]

Der wiederkehrende Wechsel zwischen Person und Funktion hat also in der Sache selbst seinen Grund.[27]

2. Offensichtlich verzichtet Paulus auf eine Systematisierung der Gaben und Dienste in den Gemeinden. Er betont vielmehr die Fülle der Gaben, die Gott bereithält. Überreich hat Gott den Tisch für alle Bedürfnisse der Gemeinde gedeckt!

„Diese Zusammenstellung darf nicht gesetzlich verstanden werden, weder in dem Sinne, als ob damit Vollständigkeit erstrebt werde und es keine anderen Charismata als die genannten geben könne, noch in dem Sinne, als ob in der Kirche zu allen Zeiten alle hier genannten Charismata lebendig sein müßten."[28]

Deshalb sind diese Aufzählungen weder vollständig noch abgeschlossen. Sie sind vielmehr offen für weitere Charismata, die der Heilige Geist für besondere Situationen seiner Gemeinde bereithält. Gewiß würde Paulus im Blick auf unsere Gemeinden andere Gaben namhaft machen können. Vielleicht müßte er auch über die Armut im Heiligen Geist klagen, die das Gemeindeleben lähmt und kraftlos macht.

3. Auffallend ist, daß der Apostel in den Aufstellungen Gaben unterschiedlichen Charakters kennt, miteinander verbindet und auf denselben Ursprung zurückführt. So steht ebenbürtig neben übernatürlichen Kraftwirkungen die Gabe der Leitung (1. Korinther 12, 28). Selbst Hilfeleistungen, Werke der Barmherzigkeit, ja, jeden „Dienst" in der Gemeinde rechnet Paulus zu den Charismata, genauso wie das Lehren und Ermahnen. In 1. Korinther 12, 8—10 stehen nicht Wundergaben, sondern die Wort- und Erkenntnisgaben an der Spitze der Aufzählungen. Petrus erwähnt überhaupt keine wunderwirkende Fähigkeit. Er ordnet rein praktische Gaben den Wortgaben des Heiligen Geistes bei.

Müssen wir nicht manche verkehrte, weil einseitige Vorstellung über die Gaben, die der Geist austeilt, an diesem biblischen Maßstab korrigieren?

„Die innere Lebendigkeit einer Gemeinde ist nicht daran zu messen, ob in ihr . . . sonderliche Wirkungen des Geistes zu beobachten sind. Vielmehr liegt alles daran, daß die grundlegenden Dienste: Predigt, Lehre, Seelsorge, Leitung, Fürsorge für die Bedürftigen, wirklich charismatisch erfüllt und ausgerichtet werden." [29]

4. Ist es überhaupt noch berechtigt, die oft gebrauchte Unterscheidung zwischen „natürlichen" und „charismatischen" Gaben innerhalb einer gläubig-erweckten Gemeinde aufrechtzuerhalten? Alle genannten Gaben führt Paulus auf einen Ursprung zurück, nämlich auf den Heiligen Geist und damit auf Gott selbst. Alle Glieder der Gemeinde haben nach der Überzeugung des Apostels den Heiligen Geist empfangen, sonst könnten sie nicht Glieder am Leibe des Christus sein. Damit sind alle Glieder des Leibes Christi nach dem Geistverständnis des Apostels „Charismatiker". „Wer aber Christi Geist nicht hat, der ist nicht sein." (Römer 8, 9.) „Der Heilige Geist ist unser gegenwärtiger Anteil am ewigen Leben. Jedoch ist er es so, daß wir durch ihn die Habenden nur als die von ihm Beschlagnahmten werden." [30]

Durch die Übergabe des Lebens an Christus in der Taufe gehört alles, was ein Mensch ist und hat, Christus, seinem neuen Herrn. „Alles ist euer, ihr aber seid Christi, Christus aber ist Gottes." (1. Korinther 3, 22. 23.)

So kann Paulus die Korinther fragen: „Wisset ihr nicht, daß eure Leiber Christi Glieder sind?" (1. Korinther 6, 15.) „Wisset ihr nicht, daß euer Leib ein Tempel des heiligen Geistes ist, der in euch ist, welchen ihr habt von Gott, und seid nicht euer eigen?" (1. Korinther 6, 19.) Die Glieder unsres Leibes — Hand, Auge, Ohr, Mund, Fuß — gehören nicht mehr uns. Sie sind Eigentum Jesu Christi. Sind dann nicht auch alle natürlichen Gaben und Fähigkeiten von Christus mit beschlagnahmt, zu seinem Eigentum gemacht und von ihm in Dienst genommen worden?[31]

„Die Unterscheidung zwischen charismatischen und nicht-charismatischen Diensten in der Gemeinde läßt sich also nicht mit der paulinischen Auffassung von Charismata vereinigen."[32]

Wenn dem so ist, berauben wir dann nicht unsern Herrn, dem wir uns in der Taufe übereignet haben, wenn wir die geschenkten und von ihm beschlagnahmten Gaben und Fähigkeiten nicht in seinen Dienst zur Auferbauung des Leibes Christi stellen, sondern in der Sorge um unser Leben und Wohlergehen verzehren?

5. Paulus wagt sogar im Brief an die Korinther, die verschiedenen Gaben rangmäßig zu ordnen. Ist es nicht Vermessenheit, Geistwirkungen wertmäßig einzustufen und dadurch eine gewisse Rangordnung vorzunehmen? Hat der Mensch nicht einfach anzuerkennen, wenn der Geist mit seinen Gaben am Wirken ist? Paulus fühlt sich den Korinthern gegenüber frei, kritisch zu ordnen. Er schreibt: „Gott hat gesetzt in der Gemeinde aufs erste Apostel, aufs andre Propheten, aufs dritte Lehrer . . ." (1. Korinther 12, 28.) Diesen Personenkreis „stuft er mit einem ‚prōton' (erstens), ‚deuteron' (zweitens) und ‚triton' (drittens) ab. Die weiteren Geistesgaben führt er in ihrer untergeordneten Stufenfolge mit einem ‚epeita' (danach) ein: ‚epeita dynameis' (Wirkkräfte) und dann, nochmals weiter abstufend, wieder mit einem ‚epeita' die ‚charismata'."[33] Dem Zungenreden weist er in dieser Rangordnung die unterste Stufe zu.

„Indem Paulus die drei ersten Dienste mit Zahlwörtern über- und unterordnet und die folgenden nur mit ‚epeita' (danach) beifügt, schafft er zwischen den drei ersten einerseits und den folgenden andererseits einen qualifizierten Unterschied"[34] innerhalb der Gaben, der nicht zu übersehen ist und nicht übersehen werden darf. Paulus sagt selbst unmittelbar danach, daß es „bessere" Charismata, wörtlich „größere" gibt *(vergleiche Anmerkung 13)*. Andere Lesearten sprechen von „höheren" Charismata (1. Korinther 12, 31). Gibt es größere, höhere, so muß es auch geringere, weniger bedeutsame geben.

Bei der Nennung der Gaben im 1. Korintherbrief setzt Paulus dreimal das „Zungenreden" an den Schluß der Aufzählung (Kap. 12, 10. 28. 30). Das kann kein Zufall sein, stellt vielmehr eine unmißverständliche Korrektur dar. In späteren paulinischen Briefen wird das Zungenreden überhaupt nicht mehr erwähnt. Die „Pneumatiker" in Korinth und mit ihnen ein großer Teil der Gemeinde bewerten die Glossolalie als höchste erstrebenswerte Gabe. Paulus räumt ihr den letzten Platz ein. Warum er das tut, begründet er ausführlich im 14. Kapitel.

Die Glossolalie in der Gemeinde Korinth

Hinweise über das Reden in Zungen im Neuen Testament

Neben den Ausführungen über das Zungenreden im 1. Korintherbrief gibt es vier Belegstellen im Neuen Testament, die uns helfen können, das schillernde Phänomen der Glossolalie aufzuhellen.

1. Erstmals taucht die Wendung „in Zungen reden" in Markus 16, 17 auf *(siehe Anmerkung 12)*. Der Auferstandene verheißt denen, die seinem Auftrag gemäß das Evangelium verkünden, unter anderem, daß sie „in neuen Zungen reden" werden.

2. Die Ausgießung des Geistes zu Pfingsten war für den Jüngerkreis mit der Fähigkeit verbunden, „in andern Zungen" zu sprechen (Apostelgeschichte 2, 4). Die Zuhörer stellten dabei fest: „Wir hören sie in unsern Zungen . . . reden." (Apostelgeschichte 2, 11.) Noch deutlicher ist die Feststellung: „Ein jeder hörte sie in seiner eigenen Sprache [griechisch: dialektos] reden." (Apostelgeschichte 2, 6.) Proselyten (Luther: Judengenossen), die des Aramäischen wahrscheinlich nicht mächtig waren, und Menschen aus der jüdischen Diaspora, die anläßlich des „Wochenfestes" in Jerusalem weilten oder dort seßhaft geworden waren, hörten ungelehrte Leute in ihrer Muttersprache reden. Keine unverständlich sinnlosen Laute lallten die Jünger, sondern „von dieser Zeit an war die Sprache der Apostel rein, einfach und genau, ob sie sich nun ihrer Muttersprache oder einer fremden Sprache bedienten".[35]

Wohl konnte jeder aus dem vielfältigen Stimmengewirr seine Muttersprache heraushören, dennoch mußte das Geschehen im ganzen einen wirren Eindruck auf bestimmte Zuhörer gemacht haben. Deshalb spotteten einige: „Sie sind voll süßen Weins." (Apostelgeschichte 2, 13.) Wahrscheinlich stand hinter dieser Äußerung die Gehässigkeit derer, die Christus ans Kreuz gebracht hatten. Die Kennzeichnung der Spötter als „die *andern* aber", darf nicht übersehen werden.[36]

Noch zwei weitere Anführungen im biblischen Text weisen deutlich auf ein Sprachenwunder hin. Die erstaunten Zuhörer aus aller Herren Länder sprachen: „Wir hören sie in unsern Zungen die großen Taten Gottes reden." (Apostelgeschichte 2, 11.) Das Wunder betraf nicht nur die Sprache als Mittel der Wiedergabe, sondern auch den Inhalt des Redens. Unter den „Großtaten Gottes" ist das Handeln Gottes in der Geschichte des Christus zu verstehen und stellt den Inhalt der neutestamentlichen Verkündigung dar.[37]

Mit der Ausgießung des Heiligen Geistes war die Stunde angebrochen, da den Jüngern geschenkt wurde, was sie reden sollten; „denn ihr seid es nicht, die da reden, sondern eures Vaters Geist ist es, der durch euch redet" (Matthäus 10, 20). „Wie der Geist ihnen gab auszusprechen",[38] so nennt der biblische Text die Art und den Inhalt des Redens in anderen Zungen.

Geistesmächtig deutet Petrus das Phänomen des „Redens in andern Zungen" beziehungsweise der Sprachengabe als Erfüllung von Joel 3, 1 ff.: „. . . und auf meine Knechte und auf meine Mägde will ich in jenen Tagen von meinem Geist ausgießen, und sie sollen weissagen." (Apostelgeschichte 2, 18.) Sprachengabe und Weissagung sind zu Pfingsten identisch. Das „Reden in andern Zungen" war gleichzeitig Weissagen. Das Ziel dieses Sprachenwunders war die Rettung der Menschen, die dem Wort zuhörten (Apostelgeschichte 2, 21).

Zusammenfassend darf man sagen, daß das Pfingstgeschehen textlich sich selbst auslegt und das „Wie" und „Was" des Redens in andern Zungen erklärt.

3. Das zweite Sprachenwunder ereignete sich in Cäsarea im Hause des römischen Hauptmanns Kornelius. Hier empfingen nicht gläubige Juden, sondern Heiden die Gabe des Heiligen Geistes. „Und die Gläubigen aus den Juden, die mit Petrus gekommen waren, entsetzten sich, daß auch auf die Heiden die Gabe des heiligen Geistes ausgegossen ward; denn sie hörten, daß sie in Zungen redeten und Gott hoch priesen. Da antwortete Petrus: Mag auch jemand dem Wasser wehren, daß diese nicht getauft werden, die den heiligen Geist empfangen haben gleichwie auch wir?" (Apostelgeschichte 10, 45–47.)

Welchen Charakter trug die Äußerung des Geistes in diesem Kreis? War es ebenfalls die Sprachengabe oder eine andere Form der Zungenrede? Es bestand doch kein Anlaß für die Heiden, in fremden Sprachen zum Zweck der Verkündigung zu reden. Als Petrus genötigt war, sein Verhalten im Haus des Kornelius vor den Aposteln in Jerusalem zu rechtfertigen — es war einem jüdischen Mann untersagt, mit „Unbeschnittenen" Umgang zu pflegen —, beschreibt er die Art und Weise der Geistesäußerung bei den Heiden so: „Indem aber ich anfing zu reden, fiel der heilige Geist auf sie gleichwie auf uns am ersten Anfang." (Apostelgeschichte 11, 15.) Petrus bezieht sich auf die eigene Erfahrung zu Pfingsten und erklärt das Reden in Zungen als Sprachengabe. Seit Pfingsten waren ungefähr zehn Jahre vergangen. Petrus sagt nicht — das ist zu beachten —: Die Heiden redeten in Zungen, wie wir es schon oft erlebt haben oder wie wir es praktizieren, wann wir wollen, sondern „gleichwie am ersten Anfang".

Die Stunde im Haus des Kornelius war ein Wendepunkt in der Geschichte der Urgemeinde. Gott hatte diese Stunde selbst durch Visionen vorbereitet, die Petrus und Kornelius getrennt voneinander hatten. Schranken unvorstellbaren Ausmaßes mußten niedergerissen werden. Petrus und mit ihm die ganze judenchristliche Gemeinde mußten überzeugt werden, daß der trennende Unterschied zwischen Juden und Heiden durch Christus aufgehoben ist. Das Sprachenwunder im Haus des Kornelius erbrachte offenkundig diesen Beweis.

Wie weitreichend die Wirkung der Sprachengabe in Cäsarea für die Urgemeinde war, wurde während des sogenannten Apostelkonzils deutlich. Petrus berief sich auf dieses Wunder, als schwerwiegende Entscheidungen auf dem Spiel standen, die die Einheit der Gemeinde betrafen (Apostelgeschichte 15, 7. 8). Zu Pfingsten verhalf die Sprachengabe dazu, Ungläubige zu überzeugen, daß Jesus Christus Gottes Sohn war. Durch dieselbe Gabe im Haus eines Heiden wurde die Gemeinde überzeugt, daß Gott auch die Heiden angenommen hatte und damit die Grenze zwischen Juden und Heiden endgültig niedergerissen war.

4. Den dritten Hinweis auf das Zungenreden in der Apostelgeschichte finden wir in Kapitel 19, 6. Vor einer Evangelisation,

die zwei Jahre dauerte und zur Gründung einer lebendigen Gemeinde führte, empfingen zwölf Johannesjünger durch Paulus die Gabe des Heiligen Geistes. Sie erhielten dabei die Fähigkeit, „in Zungen zu reden und zu weissagen". Bei diesem Geschehen in Ephesus ist eine heilsgeschichtlich bedeutsame Ursache — wie zu Pfingsten in Jerusalem und später in Cäsarea — nicht ohne weiteres erkennbar. Dennoch besteht zwischen Pfingsten und dem Geistempfang in Ephesus eine deutliche Beziehung. Sprachengabe und Weissagen sind an beiden Stellen untrennbar miteinander verbunden.

Die drei Ereignisse, bei denen in der Apostelgeschichte das Zungenreden als Gabe des Geistes in Erscheinung trat, lassen folgendes erkennen:

1. Das Zungenreden bestand in der Fähigkeit, das Evangelium in anderen lebenden Sprachen mit dem Ziel zu verkünden, Menschen zu retten.

2. Diese Gabe wurde der Gemeinde nicht beliebig zuteil. Sie konnte auch nicht nach freiem Ermessen und menschlichem Wollen darüber verfügen. Gott gab sie in entscheidenden Situationen seines Heilshandelns.

3. Nicht nur die Stellen der Apostelgeschichte, die von der Sprachengabe reden, sind beweiskräftig. Auch jene Abschnitte sprechen unüberhörbar, die zwar den Empfang des Heiligen Geistes betonen, aber über die Sprachengabe schweigen (z. B. Kap. 4, 8. 31; 6, 3—8; 9, 16—18).

4. In der Apostelgeschichte ist das Zungenreden mit dem Weissagen verbunden, während das Zungenreden, wie es in Korinth gepflegt wurde, von Paulus bewußt von der Weissagung abgegrenzt und als qualitativ geringer eingestuft wird.

5. Anstelle der Bezeichnung „in Zungen reden" ist es sachgemäßer, in den entsprechenden Stellen der Apostelgeschichte die Wendung „in Sprachen reden" zu gebrauchen.

Die Merkmale der Glossolalie in Korinth

Warum geht Paulus so ausführlich im 1. Korintherbrief (Kap. 14) auf das Zungenreden ein? Handelt es sich um die gleiche

Gabe, die in der Apostelgeschichte erwähnt ist? Wenn ja, warum macht er dann soviel Worte, um diese Gabe zu korrigieren, abzugrenzen, Einzelanweisungen über den richtigen Gebrauch zu geben? Selbst wenn nur ein Mißbrauch der Sprachengabe vorgekommen wäre, könnte man erwarten, daß Paulus die Korinther ermahnt hätte: Mißbraucht die Gabe des Geistes nicht in der Gemeinde! Geht hinaus und benutzt sie zum Zeugnis für die Menschen, die eure Muttersprache nicht verstehen! Schließlich war Korinth als Hafenstadt ein Sammelbecken von Menschen verschiedenster Sprachgruppen.

Ein Vergleich der Sprachengabe, wie in der Apostelgeschichte beschrieben, mit der Zungenrede, wie in Korinth gepflegt, ergibt, daß nicht nur ein formaler, sondern ein wesenhafter Unterschied festzustellen ist.

1. Zu Pfingsten diente die Sprachengabe der Verkündigung, um Menschen zu überzeugen und zu retten. In Korinth wurde sie im Gottesdienst gepflegt als Dank, Gesang und Anbetung.

2. Zu Pfingsten war eine Auslegung nicht nötig. Jeder hörte in seiner Sprache klare, vernünftige Worte. In Korinth war die Gabe an Ausleger gebunden, wenn sie der Gemeinde nützlich sein sollte.

3. Zu Pfingsten wurden Menschen von der Botschaft, die durch die Sprachengabe übermittelt wurde, in ihrem Gewissen getroffen. In Korinth dagegen wurden die Ungläubigen, die die Gemeinde besuchten, durch das Zungenreden abgestoßen. Das Evangelium blieb ihnen verschlossen.

4. Zu Pfingsten war die Sprachengabe identisch mit der Gabe der Weissagung. In Korinth mußte Paulus feststellen, daß beide neben- oder sogar gegeneinander standen.

5. In Korinth wurde das Zungenreden im Gottesdienst gepflegt, während die Sprachengabe in der Apostelgeschichte vorwiegend an heilsgeschichtlichen Wendepunkten geschenkt wurde.

In drei deutlich erkennbaren Gegensatzpaaren stellt Paulus in 1. Korinther 14, 1—5 die Zungenrede der Prophetie (Weissagung) gegenüber. Dabei weist er der Prophetie eindeutig den höheren Rang zu. „Denn der da weissagt, ist größer, als der in Zungen redet." (1. Korinther 14, 5.)

1. Gegensatzpaar: Der Zungenredner wendet sich nicht an Menschen, sondern er spricht „für Gott". Zungenreden ist selbstbezogen; die Weissagung dagegen dient dem Mitmenschen (V. 2).
2. Gegensatzpaar: Der Zungenredner spricht unverständlich. Im Geist redet er Geheimnisse. Die Weissagung wendet sich in klaren Worten an die Menschen und dient der „Erbauung, Ermahnung und Tröstung" (V. 2. 3).
3. Gegensatzpaar: Wer in Zungen redet, der erbaut sich selbst; wer weissagt, erbaut die Gemeinde. Die Selbsterbauung steht hier dem Auferbauen der Gemeinde gegenüber (V. 4).

Von welchem Geist spricht der Apostel, wenn er sagt, daß der Zungenredner „im Geist" Geheimnisse ausspricht (V. 2)? Ist es der Heilige Geist oder der Geist des Menschen? Paulus selbst gibt die Antwort: „Denn wenn ich in Zungen bete, so betet *mein* Geist." (V. 14.) Der Geist des Zungenredners tritt unter Ausschaltung des Verstandes in Aktion und redet geheimnisvolle, unverständliche Worte.[39]

Nach dieser kurzen Gegenüberstellung der Glossolalie mit der Prophetie stehen wir vor der möglichen Schlußfolgerung, daß sich Paulus mit einer Form des Zungenredens in Korinth auseinandersetzen mußte, die nicht mit der Sprachengabe der Apostelgeschichte in eins gesetzt werden kann. Es ging um eine Zungenrede, die mit einer lebendigen Sprache nichts gemein hatte, sondern aus einer Abfolge von unverständlichen Silben und Lauten bestanden haben muß.

Der zeit- und religionsgeschichtliche Hintergrund von
1. Korinther 14

In 1. Korinther 12, 2 beleuchtet der Apostel blitzlichtartig die religiöse Vergangenheit der Korinther. Damit erhellt er gleichzeitig den religionsgeschichtlichen Hintergrund, der beim Lesen von 1. Korinther 14 nicht übersehen werden darf. 1. Korinther 12, 2 ist nicht leicht wiederzugeben und kann folgendermaßen übersetzt werden: „Ihr wißt, daß ihr, als ihr noch Heiden wart —

wie ihr hingerissen zu den sprachlosen Götzen fortgerissen wurdet" (H. Conzelmann), oder: „Ihr wißt, wie ihr vor den toten Götzen in Erregung geraten seid." (Die Gute Nachricht.)

Paulus erinnert die Korinther daran, daß sie früher am heidnischen Kult teilgenommen haben. Besonderes Kennzeichen der hellenistischen Religion war das „Fortgerissenwerden", der Enthusiasmus also, der sich bis zur Ekstase steigern konnte: Ihr wißt ja aus eigner Erfahrung, wie willenlos der Mensch ist, wenn er in Ekstase gerät. Es ist wie ein Taumel, in den er hineingerissen wird.

Das Zungenreden dieser Art wird in mannigfachen Formen durch die Religionsgeschichte in verschiedenen Zeiten und Erdteilen bezeugt.[40] Der älteste Beleg stammt aus dem Jahre 1100 v. Chr., ist in Byblos geschrieben und enthält einen Bericht über das ekstatische Reden eines jugendlichen Anbeters des Gottes Amon.[41] Plato (427–347 v. Chr.) und Virgil (70–19 v. Chr.) erwähnen das Zungenreden teils in bekannten, teils in unverständlichen Lauten.[42] Auf Grund des Hinweises in 1. Korinther 12, 2 dürfen wir berechtigterweise annehmen, daß die Korinther mit den ekstatischen Äußerungen des Orakels von Delphi gut bekannt waren.

„In der Geschichte der heidnischen Religionen ist das Zungenreden weder eine sehr häufige noch eine besonders wichtige Erscheinung. Es nahm aber eindrucksvolle Gestalt an im griechischen Kult und in der ekstatischen Mystik des Hellenismus, namentlich in den Lauten der delphischen Pythia und der enthusiastischen Mantik der Sibyllen, die mit rasendem Munde unheilvolle Sprüche murmelten."[43] Das Zungenreden stand also in Korinth und Umgebung im heidnischen Kult in voller Blüte.

Es ist nicht auszuschließen, daß diese Form der Glossolalie durch Neugetaufte mit in den Gottesdienst der Gemeinde gebracht worden war, gefüllt mit neuem Inhalt. Die Gemeinde war noch nicht älter als fünf Jahre. Mitten im 14. Kapitel steht der Satz: „Liebe Brüder, werdet nicht Kinder, wenn es zu verstehen gilt." (V. 20.) Damit bescheinigt der Apostel den Korinthern geistliche Unreife; denn ihre Einstellung zum Zungenreden entsprach nicht dem Maß der Erkenntnis, das sie hätten haben können.

Die Korinther sahen im Zungenreden die erstrebenswerteste Gabe, weil sie glaubten, durch sie in die größte Einheit mit dem göttlichen Pneuma (Geist) zu kommen. Das Zungenreden muß für sie die eindeutigste Äußerung des göttlichen Geistes gewesen sein, weil der Mensch dabei mit seinem Denkbewußtsein (griechisch: nous) ausgeschaltet und – nach hellenistischem Verständnis – dadurch ganz für das göttliche Pneuma offen war. Paulus korrigiert diese irrigen Vorstellungen, die aus der Zeit vor ihrer Bekehrung zu Christus stammten: „Wenn ich in Zungen bete, so betet *mein* Geist, aber was ich im Sinn (nous) habe, bleibt ohne Frucht." (1. Korinther 14, 14, Hervorhebung von mir.)

Achtung – Gefahrenzone!

Es gibt ein Erfülltsein des menschlichen Innenlebens mit überschwenglichem Glück. Da genügen oft einfache Kunstgriffe erfahrener Leute, um Menschen in einen Taumel frommer Gefühle hineinzureißen. „Jedem aber, der zu solchen Mitteln greift, muß gesagt werden, daß es solche künstlich erzeugten Wonnen in allen Religionen der Erde gibt, ja sogar abseits jeder Religion. Dieser Tatbestand kann nicht ernst genug bedacht werden." [44]

Zungenreden ist technisch erlernbar. Es gibt Lehrbücher, die genaue Anleitungen enthalten, wie man zu diesen silbenartigen Äußerungen unter Ausschaltung des Denkbewußtseins kommen kann. Auch bestimmte christliche Kreise geben schriftliche Anweisungen heraus, wie man das Zungenreden lernen kann. Wie der Mensch beim autogenen Training sich selbst zur Stille und Entspannung führt, kann er sich auch durch Selbst- oder Fremdbeeinflussung in eine seelische Erregung steigern, die sich schließlich in Zungenreden äußert. Das ist erlernbar und auch wiederholbar und kann von einem erfahrenen Zungenredner jederzeit produziert werden. [45]

Das alles hat noch nichts mit dem Heiligen Geist zu tun. „Das bewegte Gefühl, die beschwingte Seele, der fromme Rausch sind Erscheinungen, die nicht den christlichen, sondern den seelischen Bereich kennzeichnen." [46] Bei dieser Form des Zungenredens wird der innermenschliche Bereich zum „Eigensender des Seelischen" gemacht. Da das Denkbewußtsein ausgeschaltet ist, sind dem Unterbewußten keine Schranken gesetzt. Was auf dem Gebiet des rein Seelischen an Selbsttäuschung und Getäuschtwerden möglich ist, ist schwer überschaubar.

Weil Erlebnisse im seelischen Bereich nachhaltiger und zwingender sind als Erkenntnisse des Denkbewußtseins, sind Zungenredner meistens unbelehrbar. Das Erlebnis wird höher bewertet als der Gehorsam dem geschriebenen Wort gegenüber. „Eindrücke und Gefühle sind kein sicherer Beweis dafür, daß ein Mensch unter der Leitung des Herrn steht . . . Sie sind keine zuverlässigen Wegweiser . . . Manche haben schwärmerische Anschauungen, die sie gegenüber wichtigen, wesentlichen Wahrheitspunkten blind machen und sie veranlassen, ihre eigenen seltsamen Folgerungen der lebendigen Wahrheit gleichzustellen." [47]

An dieser Stelle muß deutlich darauf aufmerksam gemacht werden, daß gerade der seelische Bereich des Menschen eine gefährliche Einbruchstelle dunkler Mächte ist. Hier öffnet sich das weite Gebiet des Okkult-Dämonischen, vor dem die Bibel ausdrücklich warnt. Es ist Satan gelungen, alle im Wort Gottes genannten „Charismata" nachzuäffen, meistens unter dem Deckmantel des Christlichen.[48] Während der Heilige Geist die göttliche Wahrheit ent-hüllt, auch in den Gaben, die er austeilt, liegt Satan alles daran, zu ver-hüllen, um verborgen zu bleiben. Er will nicht erkannt werden, um sein Wirken als Werk Gottes ausgeben zu können. Deshalb gibt er nie seine Visitenkarte ab (2. Korinther 11, 13—15).

Im Jahre 1863 wurde eine kleine Gruppe Adventgläubiger im Osten der USA von einem fanatischen Geist erfaßt. E. G. White schreibt über sie folgendes: „Geistliche Übungen, angeblich auf Gaben gegründet, die der Herr der Gemeinde verordnet hätte, werden von einigen dieser Gläubigen abgehalten. Sie sprechen ein sinnloses Kauderwelsch, das sie die unbekannte Zunge heißen, die allerdings nicht nur bei den Menschen, sondern auch bei Gott und dem ganzen Himmel unbekannt ist. Solche ‚Gaben' werden von Männern und Frauen hervorgebracht, deren Helfer der große Verführer ist. Fanatismus, religiöse Ekstase, falsches Zungenreden und geräuschvolle Gottesdienste sieht man als von Gott gesetzte Gnadengaben an. Hierin lassen sich manche täuschen." [49] Deutlich charakterisiert E. G. White die Quellen des genannten Zungenredens: 1. Diese „Gaben" werden von Männern und Frauen hervorgebracht.[50] 2. Unterstützt werden sie dabei durch den großen Verführer.

Weiter mahnt sie an anderer Stelle: „Laßt Gottes Volk so handeln, daß die Welt erkennen muß, daß Siebenten-Tags-Adventisten intelligente, denkende Menschen sind, deren Glaube auf einer sicheren Grundlage ruht und nicht auf der Verwirrung eines Tollhauses."[51]

Ernst sind ebenfalls jene Warnungen, die E. G. White vor neunzig Jahren schrieb und die bis heute an Aktualität nichts verloren haben: „Ehe Gott zum letztenmal die Welt mit seinen Gerichten heimsucht, wird sein Volk erweckt werden zu der ursprünglichen Gottseligkeit, wie sie seit dem apostolischen Zeitalter nicht gesehen wurde . . . Der Seelenfeind möchte dieses Werk gern verhindern und wird, ehe die Zeit dieser Bewegung anbricht, versuchen, es zu verfälschen. In den Kirchen, die er unter seine betrügerische Macht bringen kann, wird er den Anschein erwecken, als würde der besondere Segen Gottes auf sie ausgegossen, weil sich hier, wie man meint, ein tiefes religiöses Erwachen bekundet. Viele Menschen werden jubeln, daß Gott auf wunderbare Weise für sie wirke, während doch diese Bewegung das Wirken eines andern Geistes ist . . . Bei vielen Erweckungen, die sich während der letzten fünfzig Jahre zugetragen haben, waren mehr oder weniger die gleichen Einflüsse am Wirken, die sich auch in den ausgedehnteren Bewegungen der Zukunft zeigen werden. Es herrscht schon jetzt eine Gefühlserregung, eine Vermischung des Wahren mit dem Falschen, die trefflich dazu angetan ist, irrezuführen. Doch niemand braucht sich täuschen zu lassen. Im Lichte des Wortes Gottes wird es nicht schwer sein, das Wesen dieser Bewegungen festzustellen."[52]

Wir benötigen bei der unübersehbaren Vielfalt religiöser Strömungen unserer Tage mehr als je zuvor „die Gabe der Geisterunterscheidung", um die wir ernstlich beten sollten. Gottes Wort fordert uns auf: „Prüfet aber alles!" (1. Thessalonicher 5, 21.) Der Ton dieser Aussage liegt nicht auf „alles", sondern auf „prüfet!". „Wehe, wo das Wächteramt der Gemeinde durch mangelnden ,Geist der Prüfung' oder durch eine falsche Nachgiebigkeit und unbiblische Toleranz versagen würde. Wehe aber auch, wo die Gemeinde es aufgeben wollte, auf ihre Wächter zu hören."[53]

Nach welchen Merkmalen beurteilt Paulus die Glossolalie?

1. Paulus bewertet in 1. Korinther 14 die Glossolalie nach dem Moment ihrer *Verständlichkeit.* An Hand verschiedener Bilder macht er deutlich, wie wichtig es ist, daß das Evangelium in klaren, verständlichen Worten weitergesagt wird. Wenn Flöte oder Zither Töne von sich geben, die nicht klar voneinander zu unterscheiden sind, wie kann man dann heraushören, was auf der Flöte oder Zither gespielt wird? „Und wenn die Posaune einen undeutlichen Ton gibt, wer wird sich zum Streit rüsten?" (1. Korinther 14, 7. 8.) Wer mit undeutlichen Lauten und Silben meint, im Gottesdienst reden zu müssen, wird in den Wind reden, weil ihn niemand versteht (Vers 9).

„Aber ich will in der Gemeinde lieber fünf Worte reden mit verständlichem Sinn, auf daß ich auch andere unterweise, als zehntausend Worte in Zungen." (Vers 19.) Allein durch verständliche Worte kann die Brücke zum Mitmenschen geschlagen werden. Aussagen in klaren Worten sind für die Mitteilung des Evangeliums unerläßlich; denn der Glaube kommt aus der Predigt, aus dem Hinhören auf das lebendige Wort Gottes, und nicht durch unverständliche Zungenrede.

2. Neben das Kriterium der Verständlichkeit stellt Paulus die *Auferbauung* der Gemeinde. Die Begriffe „Auferbauung" (griechisch: oikodomee) und „auferbauen" (oikodomein) führt er im 14. Kapitel siebenmal an (V. 3. 4. 5. 12. 17. 26). Deshalb muß es sich das Zungenreden gefallen lassen, an dem Maßstab der Auferbauung der Gemeinde geprüft und gemessen zu werden. Durch Reden in unverständlichen Lauten wird weder die Bruderschaft gefördert noch die Einheit der Gemeinde gestärkt. Nur wo ein Ausleger anwesend ist, gestattet der Apostel begrenzt die Zungenrede im Gottesdienst (V. 27).

3. Mit einem Schriftbeweis aus dem Alten Testament nennt Paulus einen dritten Prüfstein, an dem er die Glossolalie in Korinth beurteilt. „Im Gesetz steht geschrieben (Jesaja 28, 11. 12): ‚Ich will in andern Zungen und mit andern Lippen reden zu diesem Volk, und sie werden mich auch so nicht hören, spricht der Herr.'

Darum dient die Zungenrede zum Zeichen nicht den Gläubigen, sondern den Ungläubigen…" (1. Korinther 14, 21. 22.)

Das Zitat aus dem Propheten Jesaja scheint auf den ersten Blick zur Glossolalie keine Beziehung zu haben. Der Prophet spricht im Textzusammenhang von den Assyrern, die als Volk mit unverständlicher Sprache das Gericht über Israel ausführen werden, nachdem es das verständliche Wort der Propheten verachtet hat. Mit dem zitierten Satz „Und sie werden mich auch so nicht hören" bezieht sich Paulus auf den Unglauben des alttestamentlichen Israels. Seine Schlußfolgerung für das in Korinth praktizierte Zungenreden heißt: „Darum dient die Zungenrede zum Zeichen nicht den Gläubigen, sondern den Ungläubigen."

Zu Pfingsten war die Sprachengabe ein Zeichen für die Ungläubigen im positiven Sinne. Durch die besondere Form der Verkündigung in ihrer Muttersprache öffneten sich die Menschen dem Evangelium. In Korinth vollzog sich im Zungenreden der Gemeinde ein Gericht. Menschen, die durch das gehörte Wort eigentlich gerettet werden sollten, konnten nicht gerettet werden, weil sie die Botschaft in unverständlichen Lauten hörten. Ja, sie verschlossen sich nicht nur dem Evangelium, sondern spotteten und lästerten. Indem die Korinther die Glossolalie im Gottesdienst förderten, unterstützten sie die negative Gerichtswirkung des Wortes an den Ungläubigen. Damit stellt Paulus die korinthische Glossolalie in das Licht der *missionarischen Verantwortung.*

Ergebnis: Alle drei von Paulus aufgestellten Merkmale — Verständlichkeit im Ausdruck, Auferbauung der Gemeinde, missionarische Verantwortung — finden wir in der Sprachengabe der Apostelgeschichte wieder. Sie fehlen aber der korinthischen Zungenrede.[54] Deshalb schränkt Paulus die in der Gemeinde Korinth praktizierte Zungenrede so weit ein, daß man vor der Frage steht (ohne sie eindeutig beantworten zu können), ob diese Form der Glossolalie noch als Charisma anzusehen ist. Die Ausführungen des Apostels legen diesen Schluß nahe, auch wenn er ihn der jungen Korinthergemeinde gegenüber nicht ausspricht. Vielmehr überläßt er die Schlußfolgerung seiner Ausführungen der Gemeinde, wenn er schreibt: „So sich jemand läßt dünken, er sei ein Prophet oder vom Geist erfüllt, der erkenne, daß es des Herrn Gebot ist, was ich euch schreibe." (1. Korinther 14, 37.)

Die Bewertung der Charismata durch Paulus

Paulus räumte der Glossolalie bei der Aufzählung der Charismata zwar den letzten Platz ein, setzte sich aber mit ihr so ausführlich wie mit keiner andern Gabe auseinander. Die Ursache dafür lag in der Gemeinde Korinth. Gegenwärtig wird außer in den traditionellen Pfingstkirchen auch durch die charismatische Bewegung dem Zungenreden beträchtliche Beachtung geschenkt.[55] Deshalb sind wir ausführlicher auf die Glossolalie eingegangen.

Wenden wir uns nun wieder den Charismata in ihrer Vielfalt und Verschiedenartigkeit zu. Der Geist teilt sie aus, um die Gemeinde aufzuerbauen, um „die Heiligen in den Stand zu setzen, in ihrem Dienst etwas zu leisten" (Epheser 4, 12 nach Wilckens).

1. Nach welchem Gesichtspunkt teilt der Geist die Dienstgaben aus? Die Antwort des Apostels lautet anders, als von uns erwartet. Verständlich ist für uns, daß sie nur den Gliedern des Leibes Christi gegeben werden. Unverständlich und überraschend dagegen ist, daß sie nicht nach einer „besonderen Würdigkeit" oder „geistlichen Reife" zugeteilt werden, sondern nach dem, „wie der Geist will" (1. Korinther 12, 11). Die Gemeinde Korinth, reich gesegnet mit Charismata, beweist die Wahrheit dieser Aussage. Sie konnte weder hervorstechende sittliche Eigenschaften noch besondere geistliche Qualitäten aufweisen. Im Gegenteil gab sie zu schweren Klagen Anlaß. Dennoch teilte ihr der Geist reichlich Charismata und Kraftwirkungen zu.

Das kann zunächst verwirren, bewahrt uns aber vor dem Fehlurteil, als ob geistliche Gaben an sich schon etwas über den geistlichen Stand eines Menschen aussagen. Christus selbst spricht von der Möglichkeit, daß Menschen Geistesgaben besitzen und erfolgreich mit ihnen arbeiten können, doch am Ende selbst das Ziel verfehlen. „Es werden viele zu mir sagen an jenem Tage: Herr, Herr, haben wir nicht in deinem Namen geweissagt? Haben wir nicht in deinem Namen böse Geister ausgetrieben? Haben wir nicht in deinem Namen viele Taten getan? Dann werde ich ihnen bekennen: Ich habe euch nie gekannt; weichet von mir, ihr Übeltäter!" (Matthäus 7, 22. 23.) Diese Aussage erschüttert und kann von uns gedanklich kaum nachvollzogen werden. Christus bestreitet diesen Menschen nicht, daß sie in seinem Namen gewirkt und Geistesgaben besessen haben — und dennoch gehen sie verloren! Genauso ernst sind die Worte Jesu, die er bei einer anderen Gelegenheit sagte, in denen der Ton der Freude dennoch unüberhörbar ist: „Die Siebzig aber kamen wieder mit Freuden und sprachen: Herr, es sind uns auch die bösen Geister untertan in deinem Namen . . . Sehet, ich habe euch Vollmacht gegeben, zu treten auf Schlangen und Skorpione, und über alle Gewalt des Feindes: und nichts wird euch schaden. Doch darüber freuet euch nicht, daß euch die Geister untertan sind. Freuet euch aber, daß eure Namen im Himmel geschrieben sind." (Lukas 10, 17. 19. 20.)

2. Verständlich wird das für uns unverständliche Handeln des Geistes, indem er austeilt, wie er will, nur, wenn wir nach dem Zweck der Gabenzuteilung fragen. Sie dienen ausschließlich der „Auferbauung der Gemeinde", sind zu ihrem „Nutzen" gegeben. Sie sind durch und durch Dienstgaben. Was der Selbsterbauung dient, ist letztlich kein Charisma. Was zur Selbstverherrlichung mißbraucht wird, ist Raub an Gottes Ehre. Auferbauung der Gemeinde, das ist für Paulus die Aufgabe jedes Gemeindegliedes am Leib des Christus; ist doch die Gemeinde noch keine fertige Größe in dieser Welt. Deshalb konnte Paulus freimütig innerhalb der einzelnen Gaben rangmäßig abstufen (vergleiche Seite 50, Punkt 5). Er ordnete die Gaben nach dem Maßstab des „Nutzens" zum Zweck der „Auferbauung" der Gemeinde.

Die Gemeinde kann nur mit göttlichen Kräften, mit „Dienstgaben des Heiligen Geistes" bleibend auferbaut werden. Durch sie sollen alle wachsen „in der Einheit des Glaubens und der Erkenntnis des Sohnes Gottes zur Reife des Mannesalters, zum vollen Maß der Fülle Christi" (Epheser 4, 13).

Deshalb gilt jedem Glied des Leibes Christi die Aufforderung: „Befleißigt euch der geistlichen Gaben!" (1. Korinther 14, 1.) „Strebet aber nach den besten Gaben!" (1. Korinther 12, 31.)

Dabei ist zu beachten, daß bestimmte Charismata mit großen inneren Gefahren verbunden sein können. „Je reicher die Gnadengaben sind, um so größer ist die Gefahr, aus dem einfältigen Gehorsam des Glaubens in eigenwillige Aktivität hinüberzugleiten. Darum müssen die, die von Gott berufen sind und ausgerüstet werden, einen ‚Spezialkurs‘ in Versuchungen und Prüfungen durchmachen, ehe sie Gelegenheit bekommen, ihre Gnadengabe zu gebrauchen." [56]

Keiner in der Gemeinde darf sagen, daß er leer ausgegangen ist; teilt doch der Heilige Geist „einem jeden" zu. Entscheidend ist, daß jeder seine Gabe erkennt und in den Dienst des Herrn stellt, der sich selbst als Gabe und Opfer für unsere Errettung gegeben hat. Gibt es etwa deshalb in der Gemeinde Mangel an geistlichen Gaben, weil einzelne Glieder keine „guten Haushalter Gottes" sind? (1. Petrus 4, 10.) Oder haben bestimmte Glieder keine lebendige Verbindung mehr mit dem Leib des Christus, obwohl sie formal noch am Gottesdienst teilnehmen?

Gewiß sind Charismata für das Einzelglied nicht heilsnotwendig. Sie sind aber notwendige Folge einer lebendigen Gliedschaft am Leibe des Christus. „Wir gehen durch Gefahren zur Linken und zur Rechten: droht auf der einen Seite die Gefahr des Überschwenglichen, des Schwärmerischen, der Vermischung von geistlichen Kräften mit seelischen Erregungen oder gar der Überfremdung mit okkulten oder dämonischen Gewalten, so droht auf der anderen Seite die Gefahr des Stillstands, des Einschlafens, des Verglimmens des Feuers unter der Asche. Wir haben keinen Grund, uns mit dem geistlichen Leben in unseren Gemeinden zufriedenzugeben oder gar uns über andere zu überheben, sondern wir haben allen Grund zur Frage, was uns an Geisteskräften fehlt..." [57]

3. Paulus differenziert aber nicht nur innerhalb der Gaben, sondern gibt auch ein Gesamturteil über die Charismata ab. Sie gehören nach seinem Verständnis zum „Stückwerk" und sind daher unvollkommen. „Denn unser Wissen ist Stückwerk, und unser Weissagen ist Stückwerk." (1. Korinther 13, 9.) Damit setzt er die Charismata nicht herab, aber er ordnet sie heilsgeschichtlich richtig ein.

Paulus geht sogar so weit und sagt, daß einmal der Zeitpunkt kommen wird, an dem die Charismata überhaupt aufhören, außer

Kraft gesetzt sind und damit ihre Bedeutung verloren haben. „Die Weissagungen werden aufhören, das Zungenreden wird aufhören, und die Erkenntnis wird aufhören. Wenn aber kommen wird das Vollkommene, so wird das Stückwerk aufhören." (1. Korinther 13, 8. 10.) Wenn das Vollkommene eintritt — und das geschieht bei der Wiederkunft Christi —, hört das Stückwerk auf. Charismata sind für die Gemeinde nur so lange nützlich, solange sie noch nicht am Ziel ist. Ist sie ans Ziel gekommen, braucht sie keine Auferbauung mehr; dann ist sie als vollendete Gemeinde im Zustand der Vollkommenheit. Der Geist aber als Geber der Gaben bleibt. Spätestens bei diesen Aussagen des Apostels wird uns bewußt, daß wir die Gaben nicht mit dem Geber gleichsetzen dürfen. Der Heilige Geist gibt Gaben, aber die Gaben sind nicht der Heilige Geist. Die Gaben hören auf, aber der Geber der Gaben bleibt, weil er Gott selbst ist!

Die Frucht des Heiligen Geistes

Die Frucht aber des Geistes ist Liebe, Freude, Friede, Geduld, Freundlichkeit, Gütigkeit, Glaube, Sanftmut, Keuschheit.
Die Liebe ist langmütig und freundlich, die Liebe eifert nicht, die Liebe treibt nicht Mutwillen, sie blähet sich nicht, sie stellet sich nicht ungebärdig, sie suchet nicht das Ihre, sie läßt sich nicht erbittern, sie rechnet das Böse nicht zu, sie freuet sich nicht der Ungerechtigkeit, sie freuet sich aber der Wahrheit; sie verträgt alles, sie glaubet alles, sie hoffet alles, sie duldet alles. Die Liebe höret nimmer auf.

Galater 5, 22; 1. Korinther 13, 4—8

„Ein Weg, weit über die Gaben des Geistes hinaus!"

Mitten in seinen Ausführungen über die Gaben des Geistes und die richtige Einordnung der Charismata schreibt der Apostel das unübertroffene „Hohelied der Liebe" (1. Korinther 13).

Nachdem Paulus die Korinther aufgefordert hat, nach den besten Gaben zu streben, fährt er fort: „Und ich will euch noch einen köstlicheren Weg zeigen." (1. Korinther 12, 31.) Mit diesem Satz leitet Paulus ein Thema ein, das wohl in engem Zusammenhang mit den Charismata steht und doch weit über sie hinausführt. „Die Gute Nachricht" gibt diese Stelle so wieder: „Ich kenne aber etwas, das weit wichtiger ist als alle diese Fähigkeiten." Und H. D. Wendland übersetzt: „Strebet aber nach den höheren Gaben! Und einen Weg, noch weit darüber hinaus, will ich euch zeigen."

Wie ein Vater seine Kinder, so nimmt Paulus die Korinther an die Hand und führt sie von Nebenwegen, auf denen sie sich verirrt hatten, auf *den* Weg zurück, der allein ans Ziel bringt. Es ist nicht ein Weg am Heiligen Geist vorbei, sondern der Weg des Heiligen Geistes selbst.

Andersartig sind die Töne, die Paulus nun anschlägt, wenn er die Liebe den Gaben des Geistes gegenüberstellt:

1. Vergänglich sind die Gaben des Geistes; aber unvergänglich ist — wie der Heilige Geist selbst — die Liebe; denn „die Liebe höret nimmer auf", während Weissagung, Zungenrede und Erkenntnis aufhören werden (1. Korinther 13, 8).

2. Die Gaben sind unvollkommen, zählen zum Stückwerk, die Liebe aber ist das „Band der Vollkommenheit" (Kolosser 3, 14).

3. Die Gabe der Erkenntnis kann den Menschen dazu verführen, daß er sich „aufbläht" (1. Korinther 8, 1); die Liebe aber „bläht sich nicht auf" (1. Korinther 13, 4).

4. Geistesgaben können die Einheit der Gemeinde bedrohen, wie das in Korinth der Fall war; die Liebe aber führt zu Einheit und Einigkeit, fügt die Herzen der Gläubigen zusammen (Kolosser 2, 2).

5. In den Charismata wirkt der Heilige Geist mittelbar. In der Liebe schenkt er sich dem Menschen unmittelbar; bedeutet doch Liebe die persönliche Gegenwart des Heiligen Geistes im Menschen.

Da der Heilige Geist Gott ist, wohnt mit der Liebe Gott im Menschen; denn „Gott ist die Liebe; und wer in der Liebe bleibt, der bleibt in Gott und Gott in ihm." (1. Johannes 4, 16.)

In dieser Gegenüberstellung wird deutlich, daß Paulus die Liebe qualitativ von den zuvor erwähnten Gaben unterscheidet. Der Liebe gegenüber gelten alle Charismata nichts, und selbst wer die besten besäße, ohne die Liebe zu haben, müßte doch von sich sagen: „. . . so wäre ich ein tönend Erz oder eine klingende Schelle . . .[1] So wäre ich nichts . . .[2] So wäre es mir nichts nütze" (1. Korinther 13, 1–3). Die Gemeinde Jesu gründet sich nicht auf die Charismata, sondern auf die Liebe und lebt durch sie. Charismata sind zusätzliche Dienstgaben, die Liebe aber ist *das* Lebenselement, die verbindende Kraft des Leibes Christi.

„Die Liebe ist nicht ein Charisma zu den andern hinzu, auch nicht die größte und wertvollste aller Geistesgaben. Sie ist vielmehr das Band, das alles zusammenhält und ohne das alles andere leer und wertlos würde."[3]

Jetzt verstehen wir den Apostel besser, wenn er auf den Weg weist, „der weit über die Gaben des Geistes hinausführt". Es geht nicht um einen Weg, der zur Liebe führt, sondern die Liebe selbst ist der Weg.

> „Die Liebe ist langmütig und gütig,
> die Liebe eifert nicht,
> die Liebe prahlt nicht,
> sie bläht sich nicht auf,
> sie handelt nicht unanständig,
> sie sucht nicht das Ihre,
> sie läßt sich nicht aufreizen,
> sie trägt das Böse nicht nach,
> sie freut sich nicht am Unrecht,
> sondern freut sich mit an der Wahrheit,
> alles trägt sie,

alles glaubt sie,
alles hofft sie,
alles erduldet sie.
Nun aber bleibt Glaube, Hoffnung, Liebe,
diese drei,
die größte aber unter ihnen ist die Liebe." [4]

In Galater 5, 22 stellt Paulus die Liebe an die erste Stelle einer Aufzählung, die keine Charismata enthält, sondern von ihm als „Frucht des Geistes" näher bezeichnet wird. „Die Frucht aber des Geistes ist Liebe, Freude, Friede, Geduld, Freundlichkeit, Gütigkeit, Glaube, Sanftmut, Keuschheit." Besondere Geistesgaben sind zur Errettung des Menschen nicht notwendig, aber ohne „die Frucht des Geistes" kann keiner ins Reich Gottes eingehen; denn „ohne Heiligung wird niemand den Herrn sehen" (Hebräer 12, 14).

Steht nicht mancher in der Gefahr, den biblischen Maßstab umzukehren und die Gaben des Geistes der Frucht des Geistes vor- und überzuordnen? Man ist der Meinung: Über die Frucht des Geistes braucht man nicht viel Worte zu verlieren. Das ist doch alles bekannt und selbstverständlich. Die Gaben des Geistes dagegen sind das Besondere, Außergewöhnliche, was uns noch fehlt und „weit über die Frucht des Geistes hinausführt"!

Wer diese Überzeugung vertritt, steht nicht mehr im, sondern bereits neben dem Wort Gottes. Der natürliche Mensch läßt sich von Zeichen und Wundern beeindrucken (vgl. Johannes 4, 48; Matthäus 12, 38; 1. Korinther 1, 22). Unversehens wird das Wunschbild des Herzens zum Leitbild einer eigenen Vorstellung vom Heiligen Geist. Ist die Frucht des Geistes wirklich so selbstverständlich in unserem Leben? Läßt sich nicht viel leichter darüber reden, als sie zu leben? Wo ist sie im Alltag zu finden?

Frucht nennen wir das, was organisch aus einer Wurzel wächst, was echt und lebendig ist. Das Gegenteil davon ist das Gemachte, Gewollte, künstlich Erzeugte. Ein wenig „Liebe, Freude, Friede, Geduld, Freundlichkeit, Gütigkeit, Glaube, Sanftmut, Keuschheit" können wir in bestimmten Lebenslagen schon vorweisen oder mehr oder weniger geschickt vortäuschen. Je näher wir uns aber als Menschen kommen, desto mehr entpuppt sich vieles als „künstliche Frucht" ohne Saft und Kraft. Dringen wir gar bis zur Wurzel vor und blicken ins Verborgene des eigenen Lebens und Wesens, so entdecken wir Quellen, die alles andere als „gut" sind. Christus hat den Finger auf diese wunde Stelle gelegt: „Denn aus dem Herzen kommen arge Gedanken, Mord, Ehebruch, Unzucht, Dieberei, falsch Zeugnis, Lästerung..." (Matthäus 15, 19.)

„Ein guter Baum bringt gute Früchte, und nur ein guter Mensch vermag gut zu sein. Das heißt: es genügt nicht, daß das bewußte Streben, die Ideale des Menschen gut oder richtig sind. Der Mensch selbst, der ganze mit allen unbewußten Trieben und verborgenen Seelenkräften, mit seinem Temperament, mit den letzten Wurzeln seines Wesens muß gut sein. — Ist das nicht der Fall, so wird ein Menschenleben bei allen Idealen, allen Vorsätzen, allem Streben und Eifern doch nur Ungutes, Unreines, Ungöttliches zeitigen. Ein fauler Baum bringt arge Früchte. Was in solch einem Leben gut scheint, ist doch kernfaul. — Es bedarf eines Neuwerdens der Person." [5]

Das aber ist das Werk des Heiligen Geistes, den „neuen Menschen" zu schaffen. Auf jeder Seite des Neuen Testaments begegnet uns dieses neue Leben, nicht theoretisch oder als philosophische Aussage, sondern als gelebtes Leben. Es ist qualitativ verschieden von allem, was wir Leben nennen. Nicht in uns selbst ist es keimhaft angelegt, so daß wir es nur noch zu entwickeln und zu pflegen brauchten; dieses neue Leben ist Leben aus Gott. Allein der Heilige Geist kann und will dieses unbegreifliche, nicht erklärbare Wunder schaffen: den neuen Menschen in Jesus Christus.

Der Heilige Geist schafft den neuen Menschen

Der Heilige Geist ist Schöpfer-Geist

Bereits auf dem ersten Blatt der Bibel begegnet uns der Geist in dieser Funktion (1. Mose 1, 1. 2). Im befehlenden Wort Gottes gab er dem „Tohuwabohu", der gestaltlosen Materie, Form und Leben. Er vermittelte die Fülle des Lebens, das uns bis heute, unüberschaubar vielfältig, in der Schöpfung umgibt. Der Geist ist die Lebensmacht, die die ganze Schöpfung durchwaltet, so daß sie letztlich immer an ihn gebunden bleibt. Anbetend bekennt der Psalmist: „Der Himmel ist durch das Wort des Herrn gemacht und all sein Heer durch den Hauch [Geist[6]] seines Mundes." (Psalm 33, 6.) Jedes Wesen, das Menschenantlitz trägt, ist vom Geist als Lebenskraft abhängig. „Der Mensch ‚besitzt' nicht, was sein Leben ermöglicht und bestimmt; er bleibt sich selbst entzogen."[7]

Schon die Propheten des Alten Testaments verheißen die Erneuerung der gefallenen Schöpfung durch die Lebensmacht des Geistes. Die Gabe des Geistes — einigen im Alten Bunde für eine bestimmte Zeit gegeben — wird eine neue göttliche Schöpfung im Menschen bewirken. Besonders Jeremia und Hesekiel kündeten von dieser Zeit, in der Gott einen neuen Bund schließen wird. Dann wird der Wille Gottes in Herz und Sinn geschrieben sein, so daß alle den Herrn erkennen werden (Jeremia 31, 31—34). „Und ich will euch ein neues Herz und einen neuen Geist in euch geben und will das steinerne Herz aus eurem Fleisch wegnehmen und euch ein fleischernes Herz geben. Ich will meinen Geist in euch geben und will solche Leute aus euch machen, die in meinen Geboten wandeln und meine Rechte halten und danach tun." (Hesekiel 36, 26. 27.) Beide Propheten waren sich darin einig, „daß Gott gewissermaßen durch einen Eingriff in das menschliche Herz die Menschen zu dem vollkommenen Gehorsam befähigt".[8] Diesen Eingriff aber nimmt der Heilige Geist vor. Bereits in alttestamentlicher Zeit erfuhren Menschen an sich selbst, daß es unmöglich ist, mit den Kräften des gefallenen Menschen einen neuen zu schaffen. David betete:

„Schaffe in mir, Gott, ein reines Herz,
und gib mir einen neuen, beständigen Geist.
Verwirf mich nicht von deinem Angesicht,
und nimm deinen heiligen Geist nicht von mir.
Erfreue mich wieder mit deiner Hilfe,
und mit einem willigen Geist rüste mich aus."
(Psalm 51, 12—14)

Der Heilige Geist kann und will den ganzen Menschen in seinem Denken und Handeln, Fühlen und Wollen tiefgreifend und
beständig erneuern. Nach David haben Ungezählte dieses Gebet
nachgebetet und das neue Leben im Heiligen Geist empfangen.

Der Heilige Geist schenkt Erkenntnis über uns selbst

Wenn die Bibel von einer „Geburt aus Wasser und Geist"
spricht, ist das keine fromme Umschreibung für religiöse Auf-
rufe, moralische Appelle oder soziale Programme. Es geht dabei
nicht darum, mehr zu beten, häufiger zum Gottesdienst zu gehen,
regelmäßiger in der Bibel zu lesen, sich nicht so oft gehen zu
lassen, immer wieder gute Vorsätze zu fassen und sich mehr um
den Mitmenschen zu kümmern. Das alles können wir mit den
Kräften des „natürlichen", des gefallenen Menschen auch zuwege
bringen.

Das biblische Wort von der Wiedergeburt durch den Heiligen
Geist stellt den Menschen vor Gott grundsätzlich in Frage. Zu
Nikodemus sagte Jesus: „Es sei denn, daß jemand von neuem
[von oben] geboren werde, so kann er das Reich Gottes nicht
sehen . . . Laß dich's nicht wundern, daß ich dir gesagt habe: Ihr
müsset von neuem geboren werden." (Johannes 3, 3. 7.)

Negativ ausgedrückt, bedeutet dieses Wort, daß das Zentrum
unseres Lebens, die Schaltstelle der Gedanken, Gefühle und Handlungen, nicht in Ordnung ist. In der Tiefe unseres Wesens herrscht
eine verheerende Unordnung, von der Bibel „Sünde" genannt. Wir
können sie nicht beheben, weil sie uns durch die natürlich-fleisch-
liche Geburt mitgegeben worden ist; denn „was vom Fleisch geboren wird, das ist Fleisch" (Johannes 3, 6).

Wer in einem dunklen Kellerraum steht, erkennt kaum etwas von der ihn umgebenden Unordnung und dem Schmutz. Wird aber eine Kerze angezündet, so sieht er in groben Umrissen, wie der Raum beschaffen ist. Scheint gar die Sonne durchs schmale Fenster herein, dann werden die unzähligen Staubteilchen sichtbar, die den ganzen Raum füllen.

Gerade das ist das Werk des Heiligen Geistes: ein Licht anzuzünden, damit wir uns im Licht Gottes sehen. Jesus sagt von dieser Aufgabe des Geistes: „Wenn derselbe kommt, wird er der Welt die Augen auftun über die Sünde." (Johannes 16, 8.) Ohne das alles durchdringende Licht des Heiligen Geistes können wir nicht erkennen, wie Gott uns sieht.

Wir können dem Licht Gottes ausweichen und weiter im Dunkeln leben; wir können uns ihm aber auch öffnen und Raum in uns geben. Wenn Paulus sagt, daß „alle Menschen unter der Sünde sind" und fortfährt: „Da ist keiner, der gerecht sei, auch nicht einer . . . Da ist keiner, der Gutes tue, auch nicht einer" (Römer 3, 9. 10. 12), will er uns nicht moralisch abqualifizieren (wie mancher schon empört angenommen hat!). Hier stellt Gott die Diagnose über unser Leben und Sein. Gleich einem Röntgenbild, das Verborgenes offenbart, stellt Gott uns in sein Licht, vor dem keiner bestehen kann.

Wir gehören durch unsere irdische Geburt zu einem Geschlecht, das wesensmäßig anders ist, als Gott es erschaffen hat. Die Sünde hat Gottes gute Schöpfung verdorben. Ein Farbiger kann ein Schaumbad nach dem andern nehmen: er bleibt dennoch ein Farbiger. Er mag in Europa geboren sein und kein Wort seiner eigentlichen Muttersprache verstehen und sprechen; durch seine Geburt bleibt er ein Farbiger. Ein Weißer kann sich tage- oder wochenlang in die Sonne legen, um eine dunklere Hautfarbe zu bekommen. Er bleibt ein Weißer, selbst wenn er für kurze Zeit von der Sonne gebräunt ist. Die Ursache liegt jeweils in der Geburt des Menschen, in den Voraussetzungen *im* Menschen.

Zwar können wir das Äußere unseres Lebens verschönern, aber das, was von Geburt an in uns wohnt, läßt sich nicht unwirksam machen oder gar aufheben. Der Unreine kann sich kein reines Herz geben. Der Selbstsüchtige kann sich nicht selbstlos machen. Der Unaufrichtige kann sich keine aufrichtige Gesinnung zulegen.

Paulus gesteht dem natürlichen Menschen zu, daß er sich nach dem Guten sehnt, daß er im Grunde das Gute will, das Böse und Gemeine haßt (Römer 7, 19. 21. 15), sogar Gottes Gebote bejahen kann. Hier aber beginnt nach dem Urteil des Wortes Gottes „unser ganzes Elend"! „Denn das Gute, das ich will, das tue ich nicht; sondern das Böse, das ich nicht will, das tue ich . . . Ich bin unter die Sünde verkauft." (Römer 7, 19. 14.)

Selbst unter Aufbietung aller Willenskräfte können wir nie wirklich Christ sein. Christ wird man nicht durch sittliche Leistungen, religiöse Handlungen und gute Taten. Christ wird der Mensch nur durch die Wiedergeburt, die allein der Heilige Geist bewirkt.

Das Werk des Geistes besteht darin, uns Anteil zu geben an dem, was Gott in Christus für uns getan hat: die Zueignung der völligen Erlösung durch den Tod und die Auferstehung seines Sohnes.

Der Heilige Geist wirkt Leben durch Sterben

Durch den Geist Gottes werden uns die Augen geöffnet für das, was am Kreuz *für* uns und *mit* uns geschehen ist. Als Christus hingerichtet wurde, starb er nicht nur für unsere Sünden: dort am Kreuz starb mit ihm der alte Mensch, der uns so viel Not bereitet, mit dem wir nicht fertig werden.

Paulus fragte die Gemeinde in Rom und damit jedes Glied am Leibe Jesu: „Wisset ihr nicht, daß alle, die wir in Jesus Christus getauft sind, die sind in seinen Tod getauft? So sind wir ja mit ihm begraben durch die Taufe in den Tod, damit, gleichwie Christus ist auferweckt von den Toten durch die Herrlichkeit des Vaters, also sollen auch wir in einem neuen Leben wandeln . . . weil wir ja wissen, daß unser alter Mensch samt ihm gekreuzigt ist, damit der Leib der Sünde aufhöre, daß wir hinfort der Sünde nicht dienen." (Römer 6, 3. 4. 6.)

Das, was wir von Geburt an sind, unser alter Adam, wurde mit Christus gekreuzigt.[9]

Als Gottes Sohn am Kreuz starb, lag nicht nur unsere Sünde auf ihm. Wir selbst waren als Sünder in ihm. Mit Christus starb der durch das göttliche Gesetz verurteilte alte Adam seinen verdienten

Tod. Keiner ist in der Lage, sich selbst zu kreuzigen oder am Kreuz Selbstmord zu begehen. Immer muß der zum Kreuzestod Verurteilte durch andere hingerichtet werden.

Als Gottes Sohn starb, begraben wurde und auferstand, hat Gott in Christus an uns gehandelt. Weißt du das nicht? fragt der Apostel Paulus.

Mit immer neuen Worten und Wendungen schreibt er von dieser befreienden Tatsache, die sich in dem Tod und der Auferstehung Jesu Christi für, an und in uns vollzogen hat.

„Wenn einer für alle gestorben ist, so sind sie alle gestorben." (2. Korinther 5, 14.)

„Denn ich bin durchs Gesetz dem Gesetz gestorben, damit ich Gott lebe; ich bin mit Christus gekreuzigt." (Galater 2, 19.) „Von mir aber sei es ferne, mich zu rühmen, als allein des Kreuzes unsers Herrn Jesus Christus, durch welchen mir die Welt gekreuzigt ist und ich der Welt." (Galater 6, 14.)

Der Heilige Geist allein ist imstande, uns die Augen für dieses göttliche Handeln zu öffnen.

Er schenkt aber nicht nur Erkenntnis darüber; er will viel mehr geben: nämlich persönlichen Anteil an diesem Heilsgeschehen. Er will uns in den Tod und die Auferstehung Jesu mit hineinnehmen. Allein durch ihn werden die „großen Taten Gottes" wirkliche Erfahrung, erfahrene Wirklichkeit.

Und hier bricht allzuoft unser Widerstand gegen den Heiligen Geist auf. Unser „Ich" will ja gar nicht sterben, es will leben und herrschen. „Denn das Fleisch streitet wider den Geist und der Geist wider das Fleisch; dieselben sind widereinander . . ." (Galater 5, 17.) Wir lieben unser Ich, und unser Ich liebt uns viel zu sehr, als daß es bereit wäre, sich ohne weiteres von uns trennen zu lassen.

Mit Zweifeln an der geoffenbarten Wahrheit, mit ständigem Diskutieren über religiöse Fragen und Lebensprobleme versuchen wir uns das Sterben mit Christus vom Leibe zu halten. Wir sind bereit, das ganze Lehrgebäude der Heiligen Schrift zu durchdenken und unsern christlichen Glauben — wenn es sein muß — mit Worten zu verteidigen. Wir sind auch willig, gewisse Lebensgewohnheiten abzustellen, für die gute Sache des Evangeliums mehr Geld zu geben, Zeit einzusetzen und auf liebgewordene Gepflogenheiten — sprich: Lebensgenüsse! — zu verzichten. Wir können sogar alle Kräfte des Willens einsetzen, um das Leben Jesu nachzuahmen: aber wir sind nicht bereit, ihm nachzufolgen, mit ihm — im Bilde gesprochen — nach Jerusalem zu gehen, um dort mit ihm zu sterben.

Verzweifelt wehrt sich der alte Adam, den Tod des Sohnes Gottes mitzusterben, weiß er doch, daß dieser Tod ein völliger sein muß. Wer aber nicht bereit ist, den Tod des Sohnes Gottes als den eigenen anzunehmen, hat auch keinen Anteil an der Auferstehung Christi und seinem Auferstehungsleben.

„Christus öffnet seine Arme und spricht: Kommet alle . . .! Aber bedenket: diese Umarmung ist zunächst der Tod. Wenn ihr euch ihm völlig übergebet, werdet ihr ganz sterben. Denn er ist nicht das ‚Leben ohne weiteres‘, er ist das Leben durch den Tod hindurch (Kierkegaard)." [10]

Der Heilige Geist schenkt das neue Leben

Wie der Tod und die Auferstehung Jesu untrennbar zusammengehören, so auch das Sterben und Auferstehen des Menschen mit Christus. Wer bereit ist, das Sterben Christi als Gericht über sich selbst anzunehmen, ist dadurch nicht nur dem göttlichen Gericht am Jüngsten Tag entnommen (Johannes 5, 24); er wird auch mit Christus auferstehen. Das ist kein ausschließlich zukünftiges Ereignis, sondern schon gegenwärtiges Geschehen, das sich bei der Wiederkunft Christi in der Auferstehung der Toten vollendet.

Paulus spricht von sich zum gegenwärtigen Zeitpunkt, wenn er an die Gemeinde schreibt: „Aber Gott . . . hat . . . uns mit Christus lebendig gemacht . . . mit ihm auferweckt . . . mit ihm in das himmlische Wesen gesetzt." (Epheser 2, 4—6.) [11]

Wiederum ist es das Werk des Heiligen Geistes, das Auferstehungsleben Jesu dem einzelnen Menschen zu vermitteln. Durch den Geist kommt der Auferstandene selbst in unser Leben (Johannes 14, 26. 23). Mit ihm erscheint das qualitativ neue Leben, das nicht mehr zur gefallenen Schöpfung gehört, und bewirkt in uns die „neue Schöpfung". „Ja, wenn einer in Christus zum Leben gekommen ist, so ist er eine neue Schöpfung; das Alte ist vergangen:

siehe, es ist ein Neues geworden." (2. Korinther 5, 17, Pfäfflin.)

Die Wiedergeburt des Menschen ist für die Verfasser des Neuen Testaments „das zentrale Ereignis" (A. Harnack) und wird vom natürlichen Menschen als „das schlimmste Ärgernis des Christentums" (O. Hallesby) abgewiesen. Sie „erschreckt und stößt zurück . . . Man nimmt alles an, ausgenommen die Wiedergeburt" (Vinet).

Im Neuen Testament sind immer neue Ausdrücke, Vergleiche und Bilder zu finden, die das Wunder dieser neuen Schöpfung beschreiben. Sie erhellen den Ursprung, das *Geschehen* und die *Auswirkungen* der Wiedergeburt im Menschen.

1. Sie geschieht

„aus Gott" und nicht durch den Willen eines Mannes (Johannes 1, 13; 1. Johannes 5, 7)

„von oben" (Johannes 3, 3; griechisch: anōthen)

„aus dem Geist" (Johannes 3, 6; Titus 3, 5. 6)

„aus unvergänglichem Samen, nämlich aus dem lebendigen Wort Gottes, das da bleibt" (Petrus 1, 23).

2. Die Wiedergeburt[12] ist ein einmaliges, festumrissenes Geschehen und wird von Paulus als

„ein Bad der Wiedergeburt (griechisch: palingenesia) im heiligen Geist" bezeichnet (Titus 3, 5).

Das Verb „noch einmal geboren werden" (griechisch: anagennan), auch „von oben geboren werden", benutzt Petrus: „Gelobt sei Gott . . ., der uns . . . wiedergeboren hat zu einer lebendigen Hoffnung durch die Auferstehung Jesu Christi von den Toten." (1. Petrus 1, 3; vgl. 1. Petrus 1, 23.)[13]

Jakobus spricht von „Gebären" oder „Hervorbringen" (griechisch: apoküein), um die wirkende Kraft des Wortes Gottes bei der Wiedergeburt zu betonen. „Er hat uns geschaffen nach seinem Willen durch das Wort der Wahrheit . . ." (Jakobus 1, 18.)

„Neugeboren" oder „gerade erst geboren" (griechisch: artigennētos) ist ein Eigenschaftswort, das im 1. Petrusbrief vorkommt: „Und seid begierig nach der vernünftigen lauteren Milch wie die neugeborenen Kindlein . . ." (1. Petrus 2, 2.)

Immer zeigen die verschiedenen Ausdrücke, daß Gefühle, Gedanken und Willen des Menschen von innen erneuert werden.

„In dem Bilde der Wiedergeburt und dem Begriff der neuen Schöpfung liegt vor allem ein Zweifaches: einmal, daß es sich um ein radikales, entscheidendes und totales Neuwerden handelt, sodann, daß niemand sich selbst neu machen, sowenig er sich selbst gebären oder schaffen kann. Man kann die neue Geburt der Schöpfung nur an sich geschehen lassen." [14]

3. Eine andere griechische Wortgruppe unterstreicht die Tatsache, daß sich die neue Geburt in einem *neuen Leben* fortsetzen muß. Durch die Wiedergeburt wird das ganze Sein nicht von einer Stunde zur andern völlig verwandelt, wie von einem Zauberstab berührt; die Neuschöpfung setzt sich vielmehr in einem ständigen Prozeß der Erneuerung durch den Heiligen Geist fort. Um diese Seite des neuen Lebens zu kennzeichnen, werden folgende Ausdrücke gebraucht:

„Erneuern, ändern" (griechisch: anakainoun; zusammengesetzt aus „ana" = von neuem oder von oben und „kainos" = neu, andersartig). Paulus spricht von einer täglichen Erneuerung des inneren Menschen in 2. Korinther 4, 16. In Kolosser 3, 10 wird wie an keiner anderen Stelle des Neuen Testaments deutlich, daß auf den einmaligen Akt der Wiedergeburt die fortgesetzte Erneuerung folgen muß: „Ihr habt . . . angezogen [15] den neuen [Menschen], der da erneuert [16] wird zur Erkenntnis nach dem Ebenbild des, der ihn geschaffen hat." [17]

„Erneuern" (griechisch: ananeousthai): „Erneuert euch aber im Geist eures Gemüts." (Epheser 4, 23.)

Die „Erneuerung" (griechisch: anakainōsis) des Sinnes (Römer 12, 2). Dieses Wort verwendet Paulus zur näheren Bezeichnung der Wiedergeburt in Titus 3, 5.

„Neu" (griechisch: kainos), von andersartiger Natur im Gegensatz zum alten Wesen. Es ist ein Adjektiv, das gebraucht wird, um das Ergebnis der Neugeburt zu beschreiben (vergleiche Galater 6, 15; 2. Korinther 5, 17; Epheser 4, 25; 2, 15).

„Neuheit" (griechisch: kainotēs): Wandelt in der Neuheit des Lebens, d. h. verwirklicht nun auch das neue Leben (Römer 6, 4; 7, 6).

Der durch den Heiligen Geist im Menschen wohnende Christus ist selbst das neue Leben, der neue Mensch. In das Bild des Sohnes Gottes gestaltet der Heilige Geist den Menschen um, damit er wieder dem Bild seines Schöpfers gleicht. „Nun aber spiegelt sich bei uns allen die Herrlichkeit des Herrn . . . und wir werden verklärt in sein Bild von einer Herrlichkeit zur andern von dem Herrn, der der Geist ist." (2. Korinther 3, 18.)

Die neunfältige Frucht des Heiligen Geistes

Die Wiedergeburt ist ein Geheimnis, das weder erklärt noch sichtbar gemacht werden kann. Das neue Leben selbst aber kann und darf nicht unsichtbar bleiben. Am Bild des Windes verdeutlicht Jesus beides: das verborgene Geschehen der Wiedergeburt und die erkennbare Wirkung. „Der Wind bläst, wo er will, und du hörst sein Sausen wohl; aber du weißt nicht, woher er kommt und wohin er fährt. So ist ein jeglicher, der aus dem Geist geboren ist." (Johannes 3, 8.)

Früchte des neuen Lebens sind unerläßlich. Diese Notwendigkeit betont Christus an Hand von Gleichnissen. Trägt ein Feigenbaum über Jahre hinweg keine Feigen, so kommt die Stunde, da er abgehauen wird (Lukas 13, 6—9). Reben ohne Trauben werden eines Tages vom Weinstock getrennt (Johannes 15, 2). Zweimal steht der Satz in der Bergpredigt: „An ihren Früchten sollt ihr sie erkennen." (Matthäus 7, 16. 20.) Früchte sind also *das* Erkennungsmerkmal des geistlichen Menschen. „Ein guter Baum kann nicht arge Früchte bringen, und ein fauler Baum kann nicht gute Früchte bringen." (Matthäus 7, 18.) Paulus faßt diesen Gedankengang in dem Wort zusammen:

> „Die Frucht aber des Geistes ist Liebe, Freude, Friede, Geduld, Freundlichkeit, Gütigkeit, Glaube, Sanftmut, Keuschheit."

Damit stellt der Apostel nicht etwa eine Anzahl liebenswerter Tugenden nebeneinander, die sich ein Mensch mehr oder weniger aneignen soll. Bemerkenswert ist, daß er nicht von „Früchten" (Mehrzahl) spricht — obgleich er einzelne sittliche Eigenschaften aufzählt —, vielmehr führt er alle genannten Lebensäußerungen auf eine Quelle zurück. Deshalb spricht er von der „Frucht" (Einzahl) des Geistes.[18]

Das Leben Jesu — die vollkommene Frucht des Geistes

Durch den Heiligen Geist wohnt Christus im Menschen. Wenn „der neue Mensch", den die Gläubigen angezogen haben, Christus selbst ist (vergleiche Galater 3, 27 mit Römer 13, 14), dann ist die

Frucht des Geistes das Leben Jesu, das sich im Menschen entfaltet. In der von Paulus genannten Frucht des Geistes steht Gottes Sohn mit seinem Leben vor uns. Er selbst ist die personifizierte Geistesfrucht.

Entscheidend für die Beschaffenheit des Wassers ist die Quelle. Ist sie sauber und klar, so ist es auch das Wasser, das aus ihr quillt. Christus bezeichnet sich selbst als Quelle des lebendigen Wassers. „Wer aber von dem Wasser trinken wird, das ich ihm gebe, den wird ewiglich nicht dürsten, sondern das Wasser, das ich ihm geben werde, das wird in ihm ein Brunnen des Wassers werden, das in das ewige Leben quillt." (Johannes 4, 14.)

Er allein konnte von sich sagen: „Welcher unter euch kann mich einer Sünde zeihen?" (Johannes 8, 46.) Mit dieser Frage stellte er sich seinen kritischen Feinden. Alles in seinem Leben war in Ordnung, das verborgene und das sichtbare Leben. Er war der Weinstock, der viel Frucht brachte (Johannes 15).

Seine *Liebe* kannte keine Grenzen. Alle schloß er in diese Liebe ein. Seine Jünger liebte er bis ans Ende (Johannes 13, 1), obwohl sie ihn oft mißverstanden. Er rang um Judas, um ihn vor dem Schlimmsten zu bewahren. Er liebte seine Feinde und betete für sie noch am Kreuz: „Vater, vergib ihnen; denn sie wissen nicht, was sie tun!" (Lukas 23, 34.) Er hatte Zeit für jeden, auch wenn er selbst müde und abgespannt war. Er stieß eine verrufene Frau nicht zurück und sorgte sich um Tausende, die hungrig waren. Diese Liebe war jedoch für viele so unerträglich, daß sie ihn kreuzigten. Zusammenfassend kann man von Jesus nicht nur sagen, daß er die Menschen liebte; er selbst war die Liebe. Anstelle des Wortes Liebe können wir in 1. Korinther 13, 4—7 jeweils Christus einsetzen. Es ist, als ob wir beim Lesen des „Hohenliedes der Liebe" in das Angesicht Jesu blickten:

Christus war langmütig und freundlich. Er war nie neidisch.
Er prahlte nicht. Christus war nicht aufgeblasen.
Er verletzte nicht den Takt. Er suchte nicht seinen Vorteil.
Christus kannte keine Bitterkeit. Er trug das Böse nicht nach.
Er freute sich nicht am Unrecht; er freute sich aber,
wenn sich die Wahrheit durchsetzte. Christus ertrug alles.
Er glaubte alles. Er hoffte alles.
Er erduldete alles. Christus bleibt in Ewigkeit.[19]

Christus war nicht nur die Liebe. Er war auch die *Freude,* die menschgewordene Freude. Sein Leben war durchdrungen von der einen Freude, das Verlorene zu suchen und zu retten. Wo Menschen ihn und seine Rettung annahmen, zog eine bisher nie gekannte Freude in ihr Leben ein, die alle anderen Freuden übertraf. Das erfuhr der Zöllner Zachäus, als Jesus in sein Haus einkehrte. „Mit Freuden" nahm er Christus auf (Lukas 19, 6) und erlebte „die Freude der Buße"; denn „Umkehr ist Freude" (Schniewind). Jesus Christus ist „in Person die Freude, die Gott an den Verlorenen hat".[20] Als die siebzig Jünger nach vollbrachtem Auftrag zurückkehrten, sagte Jesus: „Doch darüber freuet euch nicht, daß euch die Geister untertan sind. Freuet euch aber, daß eure Namen im Himmel geschrieben sind. Zu der Stunde *frohlockte* Jesus im *heiligen Geist* und sprach: Ich preise dich, Vater und Herr Himmels und der Erde, daß du solches den Weisen und Klugen verborgen hast und hast es den Unmündigen offenbart. Ja, Vater, so war es wohlgefällig vor dir." (Lukas 10, 20. 21.) Die Quelle der Freude Jesu lag in der ungetrübten Gemeinschaft mit seinem Vater: „Ich und der Vater sind eins." (Johannes 10, 30.)

Christus war nicht nur der geweissagte „Freudenbote" (Jesaja 41, 27), sondern auch der verheißene *„Friede*-Fürst" (Jesaja 9, 5). In den Evangelien wird vierundzwanzigmal das Wort Friede angeführt, und zwar „immer als Gabe Jesu an seine Jünger".[21] Das hebräische Wort für Frieden, „Schalom", umschreibt keine Stimmung des menschlichen Innenlebens. Von seiner Sprachwurzel her hat es das Unversehrtsein, das Vollständigsein, das Heil-Sein der Person im Auge. „Gleich jedem Juden sagt Jesus: ‚Gehe hin in Frieden', doch gibt er mit diesem Wort der blutflüssigen Frau ihre Gesundheit zurück (Lukas 8, 48); mit ebendemselben Wort vergibt er der reuigen Sünderin ihre Schuld (Lukas 7, 50) und bringt damit seinen Sieg über die Macht der Krankheit und der Sünde zum Ausdruck."[22]

Bevor Jesus seine Jünger verließ, gab er ihnen gleichsam als Abschiedsgruß und -geschenk „seinen Frieden". „Den Frieden lasse ich euch, *meinen* Frieden gebe ich euch." (Johannes 14, 27.) In diesem seinem Frieden schenkt Jesus sich selbst seinen Jüngern und bleibt bei ihnen, auch wenn er zum Vater zurückkehrt. Sein Friede ist das eschatologische Heil, das, durch sein Sterben und

Auferstehen erwirkt, vom Heiligen Geist dem einzelnen geschenkt wird. Deshalb kann Paulus den göttlichen Frieden mit der Person Christi gleichsetzen: „. . . denn er [Christus] ist unser Friede" (Epheser 2, 14), und unser Friede ist Christus.

In Christus ist Gottes *Geduld* an ihr Ziel gekommen. Das von Paulus gebrauchte griechische Wort für Geduld „makrothümia" ist zusammengesetzt aus „makros" = lang und „thümos" = Zorn. Es bedeutet eigentlich: seinen Zorn zurückhalten, langmütig sein. Damit wird weniger eine Eigenschaft Gottes als vielmehr sein Verhalten uns Menschen gegenüber ausgedrückt. Er schiebt seinen berechtigten Zorn auf, ohne ihn aufzuheben. Er nimmt ihn selbst auf sich, erleidet ihn im Sterben seines Sohnes. Unser Heil hängt ausschließlich von dieser Langmut Gottes ab (2. Petrus 3, 15). Die Langmut unseres Herrn schafft Raum zur Umkehr, zu einem neuen Leben (Römer 2, 4). Ihr verdanken wir jeden Tag, den wir noch als Zeit der Gnade erleben dürfen: „Der Herr verzögert nicht die Verheißung [seiner Wiederkunft] . . .; sondern er hat *Geduld* mit euch und will nicht, daß jemand verloren werde, sondern daß sich jedermann zur Buße kehre." (2. Petrus 3, 9.)

Fortfahren könnten wir, die von Paulus genannte Frucht des Geistes im Leben Jesu zu zeigen. Wir würden sie nicht nur als Eigenschaften im Verhalten seinen Mitmenschen gegenüber erkennen, sondern vollkommen in ihm verwirklicht finden. Er ist die geoffenbarte *Freundlichkeit* Gottes, die erschien, um Menschen vom Irrweg der Sünde zurück zu Gott zu führen (Titus 3, 4).

Als Licht der Welt erreichten die Strahlen seiner *Gütigkeit* die Menschen in ihrer Finsternis und schenkten ihnen „das Licht des Lebens" (Johannes 8, 12). Paulus nennt die Gütigkeit „die Frucht des Lichtes" (Epheser 5, 9).

Die *Treue* [23] ist ein Wesenszug Gottes ebenso wie die *Sanftmut*. Beides ist durch und in Christus offenbar geworden. Da Gott sich selbst nicht untreu werden kann, sandte er seinen Sohn, um in ihm alle Verheißungen zu erfüllen (Römer 3, 3; 2. Timotheus 2, 13).

Schließlich ging von der *Keuschheit* Jesu soviel Kraft aus, daß Menschen, die mit ihrer geschlechtlichen Kraft nicht fertig wurden, in der Begegnung mit Christus erneuert wurden. Auch auf diesem heißen Kampfgebiet des Lebens blieb Christus Sieger.

Der neue Mensch und die Frucht des Geistes

In Christus kommt alles verzweifelte Ringen um „Liebe, Friede, Freude, Geduld, Freundlichkeit, Gütigkeit, Treue, Sanftmut, Keuschheit" zur Ruhe. Er lädt uns ein, ihn und damit das neue Leben anzunehmen: „Kommt alle her zu mir, die ihr euch abmüht und von Last gedrückt seid! Ich will euch Ruhe schenken..." (Matthäus 11, 28, Albrecht.)

Ungezählte gläubige Menschen werden ihres Christenlebens nicht froh, weil sie an *vielen* Fronten ihres Lebens kämpfen. Sie erringen wohl einzelne Siege, aber den Krieg verlieren sie. „Da kämpft man gegen die Unmäßigkeit. Natürlich kann man sich zu einem maßhaltenden Menschen erziehen. Aber kaum hat man es geschafft, so entdeckt man bei sich selbst, daß man darüber stolz geworden ist. Jetzt kämpft man gegen den Stolz, die nächste Front. Eine Zeitlang gerät das: Man ist also nicht mehr stolz. Und auf einmal entdeckt man, daß man verzagt ist — wieder eine andere Front! Nun kämpft man gegen die Verzagtheit, und während man gegen diese kämpft, ist man, ohne daß man es gemerkt hat, geizig . . . so geht das doch weiter. Das ist, wie wenn man eine Decke an der einen Seite über sich zieht, dann friert man an der anderen." [24]

Wir brauchen in unserem Leben nicht etwas mehr Liebe, Geduld, Freundlichkeit, Sanftmut oder Reinheit, die wir uns im Gebet von Gott erbetteln müßten. Gott will uns das neue Leben nicht ratenweise aushändigen: dem Ungeduldigen etwas Geduld, dem Lieblosen ein wenig Liebe, dem Hochmütigen mehr Demut, dem Unreinen zeitweilig Reinheit.

In Christus liegen alle Schätze verborgen (Kolosser 2, 3). „In ihm wohnt die ganze Fülle der Gottheit leibhaftig, und ihr habt diese Fülle in ihm . . ." (Kolosser 2, 9. 10.) „Viele halten es für unmöglich, der Macht der Sünde zu entkommen; aber es ist sogar verheißen, daß wir mit der ganzen Fülle Gottes erfüllt werden können. Wir sehen unser Ziel zu niedrig; es ist viel höher." [25] „Durch Christus ist dem Menschen Versöhnung und Erneuerung geschaffen . . . Echter Glaube macht sich die Gerechtigkeit Christi zu eigen: der Sünder wird dann mit Christus zum Überwinder, denn er nimmt teil an der göttlichen Natur." [26]

Nicht nach einer Vielzahl christlicher Tugenden brauchen wir uns auszustrecken. Wir sind aufgerufen, Christus nachzujagen, um ihn zu gewinnen (vergleiche Philipper 3, 12 mit 3, 8).

Selbstverständlich muß jeder Bereich unseres Lebens geheiligt werden. Unsere Heiligung aber ist Christus; denn dazu hat ihn Gott für uns gemacht. „Durch ihn aber seid ihr in Christus Jesus, welcher uns gemacht ist von Gott zur Weisheit und zur Gerechtigkeit und zur Heiligung und zur Erlösung." (1. Korinther 1, 30.)

Die Frucht des Geistes ist eine Einheit. Verkehrt ist es deshalb, danach zu fragen, welche Eigenschaft des neuen Lebens nach Galater 5, 22 sich zuerst offenbart. Welche Speiche bewegt sich denn als erste, wenn ein Rad sich zu drehen beginnt? Ist der Blick auf eine bestimmte Speiche gerichtet, hat man den Eindruck, daß nur sie sich bewegt. In Wirklichkeit bewegen sich alle andern zur gleichen Zeit mit. So ist es, wenn Gottes Geist in einem Menschen wirkt. Das ganze Leben wird erfaßt, wenngleich der Mensch sich der einen Wirkung mehr bewußt wird als der andern.

An dieser Stelle zeigt sich erneut der Unterschied zwischen Geistesgaben und Geistesfrucht. Unmöglich ist es zu sagen, daß Gottes Geist die Frucht austeilt, „wie er will": dem einen Liebe, dem andern Freude, einem dritten Frieden, danach Geduld und Sanftmut und schließlich als letztes die Keuschheit. Die geistlichen Gaben dagegen werden als Aufgaben den einzelnen Gliedern unterschiedlich zugeteilt. Die Frucht kann nur als ganze wachsen, oder sie ist überhaupt nicht da. Neu bestätigt sich, daß die Frucht des Geistes der Weg ist, der weit über die Gaben des Geistes hinausführt (1. Korinther 12, 31).

Gott fordert auf, die Frucht des Geistes zu verwirklichen

Der neue Mensch, die Frucht des Geistes — alles ist Gottes Werk an uns und in uns. Nichts läßt sich hier aus sich selbst erklären.

Das neue Leben fließt aber nicht wie ein übernatürlicher Kraftstrom in den Menschen ein. Nicht gegen den Willen des Menschen, auch nicht ohne ihn, sondern nur zusammen mit ihm kann der Heilige Geist wirken. Deshalb entfaltet sich die Frucht des Geistes nicht automatisch.

In der Wiedergeburt macht der Heilige Geist den Menschen zu seinem Partner.[27] Dabei lähmt er nicht unsere Willenskraft, sondern verbindet sich mit ihr. Er ruft in eine heilige Aktivität. Es geht nicht darum, daß der Mensch sich selbst verwirklicht; vielmehr sollen sich die unbegrenzten Möglichkeiten verwirklichen, die durch die neue Schöpfung dem Menschen geschenkt wurden.

Zum andern ist das Leben des Wiedergeborenen ständig angefochten. Wohl ist der alte Adam mit Christus gestorben. Er ist tot für die Sünde. Die Sünde selbst aber lebt noch und bedroht immer wieder das neue Leben. „Denn das Fleisch mit seinem Begehren tritt dem Geiste feindlich entgegen und ebenso der Geist dem Fleische. Beide liegen im Kampfe miteinander und dulden nicht, daß ihr nach euerm eignen Willen handelt." (Galater 5, 17, Albrecht.) Deshalb gilt es, unseren Willen täglich dem Heiligen Geist auszuliefern. So ist der Satz von E. G. White zu verstehen: „Es ist nicht Gottes Absicht, die Kraft des Menschen zu lähmen; aber in Zusammenarbeit mit Gott kann menschliche Kraft Gutes wirken."[28]

Neben dem anbetenden Staunen über den Reichtum des Lebens aus Gott, über die Größe der *Gabe,* die der Heilige Geist als Frucht in uns wirkt, steht unmittelbar die den Menschen fordernde *Aufgabe.* Deshalb gebietet Gottes Wort immer wieder, das neue Leben nicht zu hindern, ihm vielmehr Raum zu geben.

Auf das *Angebot* des neuen Lebens folgt das *Gebot* Gottes, es auch zur Tat werden zu lassen. Die neutestamentlichen Briefe verbinden das, was Gott für uns in Christus getan hat (in der theologischen Fachsprache „Indikativ" genannt) mit dem Imperativ, dem Befehl, nun auch im neuen Gehorsam zu wandeln.

Einige Beispiele für das Nebeneinander von Indikativ und Imperativ sollen veranschaulichen, wie Gott den wiedergeborenen Menschen, den er in ein neues *Sein* gestellt hat, nun zu einem neuen *Handeln* aufruft.[29]

„Denn ihr seid gestorben . . . mit Christus in Gott." (Kolosser 3, 3.) Nach dieser Feststellung (Indikativ) fordert Paulus die Gemeinde auf: „So tötet nun die Glieder, die auf Erden sind, Unzucht, Unreinigkeit, schändliche Lust, böse Begierde und die Habsucht, welche ist Götzendienst . . . Nun aber leget alles ab von euch . . ." (Kolosser 3, 5. 8.)

Für Paulus steht fest, daß die Gläubigen „haben ausgezogen den alten Menschen mit seinen Werken und angezogen den neuen..." (Kolosser 3, 9. 10). Unmittelbar darauf folgt der Imperativ: „So ziehet nun an als die Auserwählten Gottes, als die Heiligen und Geliebten, herzliches Erbarmen, Freundlichkeit, Demut, Sanftmut, Geduld... Über alles aber ziehet an die Liebe..." (Kolosser 3, 12. 14.)

Auch das neue Leben steht in dieser Spannung. Einmal heißt es: „Denn wie viele von euch auf Christus getauft sind, die haben Christus angezogen." (Galater 3, 27.) Zum andern gilt es das, was in der Taufe geschenkt wurde, täglich neu zu erfüllen: „... ziehet an den Herrn Jesus Christus." (Römer 13, 14.) In Galater 5 folgt, nachdem Paulus die Frucht des Geistes beschrieben hat, die Aufforderung: „Wenn wir im Geist leben [Indikativ], so lasset uns auch im Geist wandeln [Imperativ]." (Galater 5, 25.)

Zahlreich sind die Aufforderungen im Neuen Testament, die neunfältige Geistesfrucht wachsen zu lassen:

„Wandelt in der *Liebe*." (Epheser 5, 2.) Vergleiche: 1. Johannes 4, 19; 1. Petrus 1, 22.

„*Freuet* euch in dem Herrn allewege, und abermals sage ich: Freuet euch!" (Philipper 4, 4.) Vergleiche: 2. Korinther 13, 11; Philipper 3, 1.

„Jaget dem *Frieden* nach gegen jedermann..." (Hebräer 12, 14.) Vergleiche: 2. Timotheus 2, 22; Kolosser 3, 15.

„Wir ermahnen aber euch, liebe Brüder: ... seid *geduldig* gegen jedermann." (1. Thessalonicher 5, 14.)

„So ziehet nun an als die Auserwählten Gottes ... *Freundlichkeit*..." (Kolosser 3, 12.) Vergleiche: Epheser 4, 32.

„Wandelt wie die Kinder des Lichtes — die Frucht des Lichtes ist lauter *Gütigkeit*..." (Epheser 5, 9.)

„... nicht veruntreuen, sondern alle gute *Treue* erzeigen..." (Titus 2, 10.)

„So ermahne ich euch nun ..., daß ihr wandelt ... in *Sanftmut*..." (Epheser 4, 1. 2.) Vergleiche: 1. Timotheus 6, 11.

Vielfältig werden wir ermahnt, die *Keuschheit* durch Beherrschung, Zucht und Enthaltsamkeit zu verwirklichen. Vergleiche: 1. Korinther 9, 24—27; Titus 1, 8; 2. Petrus 1, 5. 6.

Alle Imperative des Neuen Testaments wenden sich an den wiedergeborenen Menschen. Weil Gott das neue Leben gewirkt hat, kann und muß der Mensch es auch leben. Weil Gott die Voraussetzungen gegeben hat, kann der Mensch gehorchen. „Alles, was zum Leben und göttlichen Wandel dient, hat uns seine göttliche Kraft geschenkt . . . daß ihr dadurch teilhaftig werdet der göttlichen Natur . . . So wendet allen euren Fleiß daran und beweist in eurem Glauben Tugend . . ." (2. Petrus 1, 3—5.)

„Die innere Zuordnung dieser doppelten Redeweise läßt klar erkennen, daß der Imperativ auf dem Indikativ beruht und daß diese Reihenfolge nicht umkehrbar ist." [30] Das neue Leben ermöglicht und fordert den neuen Gehorsam. Ohne Wiedergeburt ist dieser Gehorsam unmöglich. Aber nur der darf die göttlichen Verheißungen (Indikativ) für sein Leben in Anspruch nehmen, der Gott als Herrn über sich anerkennt und bereit ist, den göttlichen Befehlen zu folgen.

Erfülltsein mit dem Heiligen Geist

Gott will nicht, daß irgendein Glied am Leib Christi Mangel leidet. Er ist ein Gott der Fülle. Seinen Reichtum, der unermeßlich und unausschöpfbar ist, will er mit uns teilen. In Christus „wohnt die ganze Fülle der Gottheit leibhaftig, und ihr habt diese Fülle in ihm" (Kolosser 2, 9. 10; 1, 19). Johannes schreibt am Anfang seines Evangeliums: „Und von seiner Fülle haben wir alle genommen Gnade um Gnade" (Johannes 1, 16); denn „Gott gibt den Geist nicht nach dem Maß" (Johannes 3, 34). Er teilt ihn nicht stückweise zu, sondern gibt ihn in Fülle. Nicht Tropfen oder Rinnsale, „Ströme lebendigen Wassers" sollen von dem ausgehen, der an Christus glaubt, wie die Schrift sagt. (Johannes 7, 38.) „Das sagte er aber von dem Geist, welchen empfangen sollten, die an ihn glaubten; denn der Geist war noch nicht da, denn Jesus war noch nicht verherrlicht." (Johannes 7, 39.)

Seit Pfingsten aber ist der Heilige Geist da. „Durch die Predigt vom Glauben" (Galater 3, 2) hat jedes Glied am Leib Jesu den Heiligen Geist empfangen (1. Korinther 12, 13). Diese Gewißheit, die Gottes Wort uns zuspricht, dürfen wir uns nicht rauben lassen. Selbst in Zeiten, wo nichts vom Wirken des Heiligen Geistes zu spüren ist, dürfen wir im Glauben sprechen: Wir sind nach der Zusage des Wortes Gottes der Tempel des Heiligen Geistes (1. Korinther 3, 16). Nichts kann uns mehr aus der Hand unseres Herrn reißen. „Ich gebe ihnen das ewige Leben, und sie werden nimmermehr umkommen, und niemand wird sie aus meiner Hand reißen." (Johannes 10, 28; vgl. Römer 8, 38. 39.)

Sollte jemand im Rückblick auf seine Taufe sagen müssen: Ich habe mich zwar taufen lassen — einem Menschen zuliebe, von andern dazu überredet, aus einer augenblicklichen Stimmung heraus —, von einer umwandelnden Kraft des Heiligen Geistes aber weiß ich nichts, dann gilt ihm das Wort Jesu: „So denn ihr, die ihr arg seid, könnt euren Kindern gute Gaben geben, wieviel mehr wird der Vater im Himmel den heiligen Geist geben denen, die ihn bitten!" (Lukas 11, 13.) Er rechne dann aber auch mit der Zusage des Wortes und stütze sich auf die Verheißung Jesu! Wer seinen Mangel spürt und um den Geist bittet, an dem arbeitet er bereits, so daß er schon für den Empfang danken kann.

Betrübet nicht den Heiligen Geist!

Der Geist Gottes ist kein bleibender Besitz, über den wir verfügen könnten, wann und wie wir wollen. Er will über uns verfügen, wann und wie er will. An uns liegt es, ob Gottes Geist in uns wachsen und zunehmen kann, oder ob er sich wieder zurückzieht. Die apostolische Mahnung für jedes Glied der Gemeinde lautet daher: „Und betrübet nicht den heiligen Geist Gottes, mit dem ihr versiegelt seid auf den Tag der Erlösung." (Epheser 4, 30.)

Der Heilige Geist ist ein Geist des Gehorsams. Jeder Ungehorsam, ob klein oder groß, betrübt ihn. Eigenwilligkeit und Selbstsucht, Rechthabenwollen und Unverträglichkeit behindern sein Wirken in uns.

Gottes Geist ist ein Geist der Liebe. „Man kann ein guter Arzt sein, ohne seine Patienten zu lieben; ein guter Rechtsanwalt, ohne seine Klienten zu lieben — aber man kann niemals ein guter Christ sein, ohne Liebe zu haben" (Moody). Lieblosigkeit in Ehe und Familie, auf der Arbeitsstelle und in der Gemeinde, selbst dem gegenüber, der uns feindlich gesinnt ist, betrübt den Heiligen Geist.

Der Heilige Geist ist ein Geist der Zucht. Jede Zuchtlosigkeit steht ihm hindernd im Wege. Und wie zuchtlos können wir doch sein in der Welt unserer Gedanken und Gefühle, in Worten und im Verhalten! Oberflächliches Geschwätz, üble Nachrede und liebloses Kritisieren — wer kennt das nicht? Vor die Aufforderung, den Geist nicht zu betrüben, setzt der Apostel die Mahnung: „Lasset kein faul Geschwätz aus eurem Munde gehen . . ." und fährt fort: „Alle Bitterkeit und Grimm und Zorn und Geschrei und Lästerung sei ferne von euch samt aller Bosheit." (Epheser 4, 29. 31.)

Der Geist Gottes ist ein Geist der Reinheit. Reinheit ist eine Sache unseres Herzens. Wir sprechen von „reiner Seide" und meinen damit, daß dieses Gewebe aus nichts anderem besteht. Ein reines Herz will nur eines. Ein unreines Herz ist gespalten und will vieles. Gespaltensein und Halbheit betrüben den Heiligen Geist.

Wer an erkannten Sünden festhält, kann vom Geist Gottes nicht so festgehalten werden, wie der Geist es gern möchte.

Wachset im Heiligen Geist!

Wo Leben ist, da ist Wachstum. Entweder das Leben entfaltet sich und bringt Frucht, oder es verkümmert und geht zugrunde. Auch das geistliche Leben will den ganzen Menschen durchdringen und alle Lebensbereiche heiligen. Paulus konnte das geistliche Wachstum der Gemeinde loben und gleichzeitig zum Wachsen auffordern: „Wir müssen . . . Gott danken allezeit um euretwillen . . . Denn euer Glaube wächst sehr, und die Liebe eines jeglichen unter euch allen nimmt zu gegeneinander." (2. Thessalonicher 1, 3.) „Lasset uns . . . wachsen in allen Stücken zu dem hin, der das Haupt ist, Christus." (Epheser 4, 15; 2. Petrus 3, 18.) Gott will unser Wachstum.

Ein Gesetz des neuen Lebens heißt, immer wieder die Stille zu suchen, um sich von Gott zeigen zu lassen, wovon wir uns trennen müssen. Beides gehört zusammen: auf den Geist hören und ihm gehorchen! Sünde loslassen heißt das Geheimnis, damit uns der Geist mehr ergreifen kann. Je mehr uns aber der Geist ergreift, desto leichter fällt das Loslassen. Der Geist schenkt Gehorsam, und dem Gehorsamen ist der Geist verheißen. „Und wir sind Zeugen dieser Geschichten und der heilige Geist, welchen Gott gegeben hat denen, die ihm gehorchen." (Apostelgeschichte 5, 32.)

„Völliger Gehorsam würde zu völliger Freude führen, wenn wir nur der Kraft, der wir gehorchen, völliges Vertrauen schenkten."[31]

Damit das neue Leben wachsen kann, braucht es einen geistlichen Nährboden. Es kann nicht Wurzeln schlagen in einem Boden, der ihm wesensfremd ist. Gottes Wort ist der Nährboden, auf dem sich das neue Leben entfaltet. „Lasset das Wort Christi reichlich wohnen in euch . . ." (Kolosser 3, 16.)

„Wer zunehmen will an geistlicher Kraft, der muß voll werden des göttlichen Wortes. Warum konnte Luther einhergehen in der Kraft des Herrn? Weil er von sich sagen konnte: Ich bin voll, voll, voll von Schrift. Verlangst du danach, daß der Heilige Geist Seine Macht über alle Gebiete deines Lebens ausdehnen möge, so wisse, daß Er Sein Wirken in dir an das Wort bindet."[32]

Führen will der Heilige Geist den Menschen. Jedem Kind Gottes ist die Leitung durch den Geist zugesagt: „Denn alle, die von Gottes Geist sich leiten lassen, sind Söhne Gottes." (Römer 8, 14,

Albrecht.) Solche Leitung vollzieht sich in den täglichen Entscheidungen des Lebens. Wohl kann Gott auch durch Gesichte und Zeichen führen, zuerst aber leitet er durch den in seinem Wort geoffenbarten Willen. Deshalb gilt es immer neu, an der Schrift zu prüfen, was man als Weisung vom Heiligen Geist glaubt empfangen zu haben. Beim Empfang einer Rundfunksendung ist die Trennschärfe um so größer, je näher das Gerät beim Sender steht. Genauso ist die Stimme des Heiligen Geistes um so klarer, je näher man bei Gottes Wort ist.

Der geistliche Mensch: das ist der Mensch, dessen Leben vom Geist gestaltet wird, der sich nicht mehr von den Mächten bestimmen läßt, die ihn umgeben und auf ihn eindringen. Wie notwendig ist da die tägliche Pflege des geistlichen Lebens! Geistliche Ordnungen zu wahren, ist keine überholte Forderung, sondern notwendige Lebensbedingung. In treu eingehaltenen täglichen Gebetszeiten liegen verborgene Kraftquellen für das geistliche Wachstum. „Haltet an am Gebet." (Kolosser 4, 2.)

Werdet voll Geistes!

Das ist der Wunsch des Apostels für jeden Gläubigen (Epheser 5, 18). Nicht nur zu Pfingsten wurden „alle voll des heiligen Geistes" (Apostelgeschichte 2, 4); von Petrus heißt es, daß er einige Tage später „voll des heiligen Geistes" war (Apostelgeschichte 4, 8). Von der Gemeinde in Jerusalem wird gesagt: „Und da sie gebetet hatten, erbebte die Stätte, da sie versammelt waren; und sie wurden alle des heiligen Geistes voll und redeten das Wort Gottes mit Freimut." (Apostelgeschichte 4, 31.) Auch die sieben Diakone waren wie Stephanus „voll heiligen Geistes" (Apostelgeschichte 6, 3; 7, 55). Zu Saul, der vor Damaskus erblindet war, sagte Ananias, indem er ihm die Hände auflegte: „Lieber Bruder Saul, der Herr hat mich gesandt . . . du sollst wieder sehend und mit dem heiligen Geist erfüllt werden." (Apostelgeschichte 9, 17.) Von demselben Paulus wird gesagt, daß er während einer Missionsreise auf Cypern „voll heiligen Geistes" war.

Was er und mit ihm viele andere erfahren hatten, wünscht er jedem Glied der Gemeinde: „Werdet voll Geistes! Das kann am besten dadurch geschehen, daß ihr miteinander redet in Psalmen, Lobgesängen und geistgewirkten Liedern, daß ihr in euren Herzen dem Herrn singt und spielt, daß ihr allezeit für alles dem großen Gott und Vater im Namen unseres Herrn Jesu Christi Dank sagt." (Epheser 5, 18—21, Bruns.)

Auf die verliehene *Gabe* des Heiligen Geistes gibt es nur eine Antwort: die *Hingabe*. Sie muß einmal vollzogen und täglich wiederholt werden. Das hat nichts mit Gefühlen zu tun, sondern ist der Entschluß, sich selbst aufzugeben, um Christus zu gewinnen.

Der Mensch schuldet Gott sein Leben. Entweder schuldet er es ihm, weil er es als Sünder vor Gott verwirkt hat und unter dem Urteil steht: „Denn der Sünde Sold ist Tod . . ." (Römer 6, 23); oder weil er durch das Blut des Sohnes Gottes teuer erkauft worden ist und nicht mehr sich selbst gehört (1. Korinther 6, 19. 20).

Nur durch tägliche Hingabe an Gott kann der Mensch täglich neu mit dem Heiligen Geist getauft werden. Wer sein Leben so seinem Herrn übergibt, erringt täglich neue Siege und wird voll Geistes. Für diese Hingabe gibt es keinen Ersatz. Christus erwartet nicht nur etwas von uns, er erwartet uns selbst.

Unbeschränkt ist die Brauchbarkeit
eines Menschen,
der das Ich beiseite setzt,
den Heiligen Geist
auf sein Herz wirken läßt
und ein völlig gottgeweihtes Leben führt.

E. G. White

Atme in mir, o Heiliger Geist,
daß ich Heiliges denke.
Treibe mich, o Heiliger Geist,
daß ich Heiliges tue.
Locke mich, o Heiliger Geist,
daß ich Heiliges liebe.
Stärke mich, o Heiliger Geist,
daß ich Heiliges hüte.
Hüte mich, o Heiliger Geist,
daß ich es nie verliere.

Augustin

Quellennachweis und Anmerkungen

Teil I Der Heilige Geist — Gabe und Geber

[1] K. Edel, Der Sieg des Gekreuzigten, herausgegeben von der Gemeinschaft der Siebenten-Tags-Adventisten im Union Verlag, Berlin, 1969, S. 38
[2] Theologisches Begriffslexikon zum Neuen Testament, herausgegeben von Lothar Coenen, Theologischer Verlag Rolf Brockhaus, Wuppertal, 1967, Band I, S. 410
[3] Hermann Ridderbos, Paulus — Ein Entwurf seiner Theologie, Theologischer Verlag Rolf Brockhaus, Wuppertal, 1970, S. 35
[4] Lohse, in „Theologisches Wörterbuch zum Neuen Testament" (ThW), begründet von G. Kittel, herausgegeben von G. Friedrich, Bd. VI, S. 50, A. 38
[5] E. G. White, Das Wirken der Apostel, Saatkorn-Verlag, Hamburg, 1976, S. 39
[6] Lohse, a. a. O., S. 52
[7] E. G. White, a. a. O., S. 40
[8] E. Brunner, Das Mißverständnis der Kirche, Evangelisches Verlagswerk, Stuttgart, 1951, S. 48
[9] E. G. White, Aus der Schatzkammer der Zeugnisse, Advent-Verlag, Hamburg, 1957, Band III, S. 180. 181
[10] ebenda, S. 180
[11] E. G. White, Das Wirken der Apostel, S. 50
[12] Werner de Boor, Was ist es mit dem Heiligen Geist? Evangelische Verlagsanstalt, Berlin, 1972, S. 18. 19
[13] Lexikon zur Bibel, hrsg. von Fritz Rienecker, R. Brockhaus Verlag, Wuppertal, 6. Auflage, 1967, S. 1126. 1127
[14] E. G. White, a. a. O., S. 55. 56
[15] ebenda, S. 53
[16] Martin Haug, in „Das Wahrzeichen des Christenglaubens", hrsg. von Helmut Lamparter, Aussaat Verlag, Wuppertal, 1965, S. 171
[17] Hans Heinz, Dogmatik — Glaubenslehren der Heiligen Schrift, Europäisches Institut für Fernstudium, Bern, S. 73. 74
[18] René Pache, Der Heilige Geist, Person und Werk, Rolf Brockhaus Verlag, Wuppertal, 1970, S. 11
[19] „There are three living persons of the heavenly trio . . . the Father, the Son, and the Holy Spirit." — „Die himmlische Dreiheit besteht

aus drei Personen, ... dem Vater, dem Sohn und dem Heiligen Geist."
E. G. White, Evangelism, Review and Herald Publishing Association,
Washington, 1946, S. 615

[20] Heinrich Vogel, Komm, Schöpfer Geist, Berlin, 1970, S. 152

Teil II Die Gaben des Heiligen Geistes

[1] Otto Rodenberg, Wort und Geist, Evangelische Verlagsanstalt, Berlin,
1970, S. 10

[2] M. Luther, Weimarer Ausgabe 36, S. 501

[3] „Die Bildung von Verbalsubstantiven auf -ma war in der Koine über-
aus beliebt." Ulrich Brockhaus, Charisma und Amt, Theologischer
Verlag Rolf Brockhaus, Wuppertal, 1972, S. 129

[4] E. Käsemann, Amt und Gemeinde im Neuen Testament, in „Exege-
tische Versuche und Besinnungen", Evangelische Verlagsanstalt, Berlin,
1968, S. 56

[5] ebenda, S. 56, A. 2

[6] Ich folge hier im wesentlichen den Ausführungen von U. Brockhaus,
a. a. O.

[7] Heinrich Haltensweiler, Die Ehe im Neuen Testament, Zwingli Verlag, Zürich, 1967, S. 163. 164

[8] Theologisches Begriffslexikon zum Neuen Testament, Bd. II/1, S. 776

[9] F. Godet, Kommentar zum 1. Briefe an die Korinther, Hannover, Ausführungen zu 1. Korinther 1, 4—6

[10] Die Redewendung heißt im griechischen Text: „Peri de . . ." mit fol-
gendem Genitiv und bedeutet: in betreff, über. So in 1. Korinther 7, 1;
7, 25; 8, 1; 12, 1; 16, 1; 16, 12

[11] Die griechische Wendung „peri de tōn pneumatikōn" stellt uns vor
die Frage, ob der Genetiv des Plurals (tōn pneumatikōn) maskulinisch oder neutrisch zu verstehen ist. Sprachlich ist beides möglich.
Mit anderen Worten: geht es bei der Anfrage der Korinther um Sachen, also um Gaben des Geistes, oder um Personen, nämlich um die
Träger dieser Gaben?
Wie gebraucht Paulus das Wort „pneumatikos" als Substantiv im
1. Korintherbrief?
Kap. 2, 13: „. . . und deuten geistliche Sachen für geistliche Menschen."
Dieser griechische Satzteil ist schwer übersetzbar. Manche Ausleger
verstehen „pneumatikois" als Neutrum und übersetzen demzufolge:
„. . . indem wir Geistliches mit Geistlichem deuten." (H. Conzelmann,
Der erste Brief an die Korinther, Göttingen, 1969, S. 73)
Der Textzusammenhang unterstützt mehr die maskulinische Bedeu-
tung. Paulus will wohl sagen, „daß, wie auch Gott nur durch den

göttlichen Geist begriffen werden könne, durch das Wesensgleiche, so auch nur ‚Pneumatiker' (Geistesmenschen) pneumatische Wahrheiten und Geheimnisse verstehen und beurteilen können." (NTD, B. 7, H. D. Wendland, Die Briefe an die Korinther, Göttingen, 1954, S. 26) Kap. 2, 15: „Der geistliche Mensch aber ergründet alles . . ." Hier ist „pneumatikos" eindeutig auf eine Person bezogen. Das Wort „Mensch" fehlt immer im griechischen Text bei den hier angeführten Bibelstellen. Das Substantiv „pneumatikos" ist mit „Geistbegabter" oder „Geisterfüllter" wiederzugeben.
Kap. 3, 1: „Und ich, liebe Brüder, konnte auch mit euch nicht reden als mit geistlichen Menschen . . ." Die maskulin-personale Beziehung steht auch hier außer Frage.
Kap. 9, 11: „Wenn wir euch das Geistliche säen . . ." Hier ist eine Sache und ein Tun (säen) gemeint, deshalb neutrisch.
Kap. 14, 37: „So sich jemand läßt dünken, er sei ein Prophet oder vom Geist erfüllt . . ." Eindeutig bezieht sich Paulus hier mit „pneumatikos" auf eine Person.
Kap. 14, 1: „Befleißiget euch der geistlichen Gaben . . ." Trachtet nach den Geistwirkungen! Hier steht sprachlich das Neutrum fest.
Der Gebrauch des Wortes „pneumatikos" in 1. Korinther 15, 46 erbringt für unsere Fragestellung keinen stichhaltigen Beleg. Im Zusammenhang des Auferstehungskapitels spricht Paulus von einem „pneumatikos", der nicht mehr der Gemeinde im unvollendeten Zustand, sondern dem Leben nach der Auferstehung angehört. Damit erhält das Wort pneumatikos eine andere Qualität, auch wenn es auf Personen bezogen ist.
Ergebnis: Bis auf Kap. 9, 11 und 14, 1 versteht Paulus im 1. Korintherbrief unter „pneumatikos" Personen, nicht aber Gaben oder Fähigkeiten. Wortstatistischer Befund und Textzusammenhang sprechen dafür, daß der Genitiv des Plurals in 1. Korinther 12, 1 ebenfalls maskulinisch zu verstehen ist.

[12] Das griechische Wort „glōssa" hat drei Bedeutungen: 1. Zunge als Organ des Schmeckens und Redens, 2. die Sprache bzw. Mundart, in der ein Mensch spricht, 3. nach Sprache oder Art fremder, dunkler, erklärungsbedürftiger Ausdruck (ThW Bd. I, S. 719. 720)

[13] Den ersten Teil von 1. Korinther 12, 31 kann man entweder als Imperativ oder als Indikativ wiedergeben. Die griechische Wortbildung läßt sprachlich beides zu. Imperativisch heißt der Satz: „Strebet aber nach den besten (oder höheren) Gaben!" Indirekt liegt darin der Hinweis, daß es auch weniger wertvolle Gaben gibt. Indikativisch müßte der Satz lauten: „Ihr strebet zwar nach den größeren Gaben . . ." Damit würde Paulus die Haltung der Gemeinde kennzeichnen. Mit den

Worten „größere" oder „höhere" Gaben würde Paulus dann die Einstellung der Gemeinde zu den aufsehenerregenden Erscheinungen beschreiben und sie kritisieren.

[14] Die griechisch-hellenistische Frömmigkeit lebte in der Vorstellung, daß wunderhafte Äußerungen in Form von Ekstase, Wahrsagen und anderen magischen Praktiken der Ausweis des Göttlichen seien. Dabei „strömt das Pneuma der Gottheit in die menschliche Seele ein" und versetzt einen Menschen in den Stand des Pneumatikers. (Umwelt des Urchristentums, Bd. I, herausgegeben von J. Leipoldt und W. Grundmann, Evangelische Verlagsanstalt, Berlin, 1965, S. 39)

[15] Werner de Boor, a. a. O., S. 15

[16] Beide Verben „taufen" und „tränken" stehen im Griechischen in der Aorist-Passiv-Form.

[17] „Die moderne Lehre, die neue Geburt und Taufe des Heiligen Geistes voneinander trennt, könnte einer gründlichen Prüfung der neutestamentlichen Texte, die von der Taufe des Heiligen Geistes sprechen, nicht standhalten. Die Lehre führt zu willkürlichen Unterscheidungen, ungesunden Erwartungen, Minderwertigkeitskomplexen und Trugschlüssen . . ." Alfred Kuen, Ihr müßt von neuem geboren werden, R. Brockhaus Verlag, Wuppertal, 1969, S. 115, Anm. 38

[18] „Jemanden, der vom Heiligen Geist getauft ist, erkennt man am Zungenreden, an seiner geistigen Ausstrahlung, seiner Kühnheit im Reden vom Herrn, seiner Liebe zu den Seelen und an seinem liebevollen besseren Verständnis gegenüber Gottes Wort." (Hofer, Eglise, où es-tu?, S. 152, angeführt bei Alfred Kuen, a. a. O., S. 115, Anm. 38) Wo finden wir diese Früchte der Taufe des Heiligen Geistes bei den Korinthern?

[19] A. Kuen, a. a. O., S. 115

[20] Die unter Punkt 1–3 kursiv gedruckten Wörter des Bibeltextes sind Hervorhebungen von mir.

[21] U. Brockhaus, a. a. O., S. 161

[22] U. Brockhaus, a. a. O., S. 172

[23] Heinz Schürmann, Die geistlichen Gnadengaben in den paulinischen Gemeinden, St. Benno-Verlag, Leipzig, 1970, S. 28

[24] „Man tut gut, sich sofort daran zu erinnern, daß Judentum und Heidentum, wenn auch nicht die technische Bezeichnung, so doch den Sachverhalt der Charismen in einer freilich eigentümlich abgewandelten Weise kennen. Paulus selber faßt solchen Tatbestand scharf ins Auge. Nur darum kann er (vgl. 1. Kor. 14, 1) von den Charismen als pneumatika sprechen und damit einen terminus technicus des Hellenismus aufgreifen. Daß er es selber tut, ist allerdings bedeutsam und entspricht dem andern Sachverhalt, daß er es nur den korinthischen

Enthusiasten gegenüber tut. Hier bedient er sich ihrer Terminologie, die unter pneumatika die Kräfte des Wunders und der Ekstase begreift . . ., deren sie sich rühmen und auf deren Bedeutung für die Gemeinde deshalb 1. Kor. 12—14 eingehen müssen. Nur sollte man nicht übersehen, daß Paulus den Terminus pneumatika zumeist und offensichtlich geflissentlich durch den Charismabegriff ersetzt, ja verdrängt und damit eine theologische Kritik vorbereitet." E. Käsemann, a. a. O., S. 58

25 Bei der Aufzählung der verschiedenen Gaben (Charismata) richte ich mich nach der Übersetzung von H. Schürmann, a. a. O.

26 H. Ridderbos, a. a. O., S. 322. 323

27 „Es gibt Geistesgaben, die ihren Träger existentiell oder doch in seinen Funktionen dauernder und damit charakteristisch bestimmen; solche können aber auch als vorübergehende Gaben diesem und jenem zukommen und auch bei einzelnen Personen vereint auftreten. Man wird sich also davor hüten müssen, den in den neutestamentlichen Listen genannten Personengruppen andere Geistesgaben abzusprechen; umgekehrt wird man auch nicht der Versuchung erliegen dürfen, hinter jeder sachlichen Gabe ein Amt oder eine Dauerfunktion zu suchen und damit einen festen personalen Träger." H. Schürmann, a. a. O., S. 53

28 Biblisch-Theologisches Handwörterbuch zur Lutherbibel, herausgegeben von E. Osterloh und H. Engelland, 1964, 3. Auflage, S. 171

29 E. Osterloh und H. Engelland, a. a. O., S. 171

30 E. Käsemann, a. a. O., S. 58

31 „Muß man nicht von da aus auch urteilen, daß die ‚Bildung', die einer empfangen hat, zwar an sich zu dem gehört, was er für sein Christ-Sein hinter sich wirft (vgl. Philipper 3, 5—7), aber was doch mittelbar, in der Gestalt der ‚Begabung', dann, wenn er glaubt, als *Gabe* ins Licht tritt? ‚Alles ist euer' — das gilt auch für die mitgebrachten Gaben, für Bildung, Lebensstellung, Herkunft. *Nichts* von alledem hat einen Heilswert. Aber *alles* kann als *Gabe* erkannt werden. Darf und muß man die Gemeinde ohne Bedachtnehmen auf die Frage, was hier a natura oder a gratia sei, als eine keineswegs verarmte, sondern im Vernehmen des Wortes jederzeit reiche nehmen, so ist es falsch, ihr die Charismata und damit die bewegenden Momente für das Amt abzusprechen . . . Aber die universale Wirksamkeit der Gnade bedeutet *auch* die jederzeitige Möglichkeit für das Auftreten der Charismata, die wir nicht berechnen können, aber je anerkennen sollen und dürfen. Wer die Gemeinde von heute als charismatisch verarmt betrachtet, der verrät einen enthusiastischen Begriff der Charismata." Otto Weber, Grundlagen der Dogmatik II, Evangelische Verlagsanstalt, Berlin, 1969, 2. Auflage, S. 636. 637

[32] Herman Ridderbos, a. a. O., S. 320

[33] Kurt Stalder, Das Werk des Geistes in der Heiligung bei Paulus, EVZ-Verlag, Zürich, 1962, S. 89

[34] Kurt Stalder, a. a. O., S. 90

[35] E. G. White, Das Wirken der Apostel, S. 41

[36] „Wie in 5, 34ff.; 14, 4; 17, 18ff.; 28, 24 läßt Lukas 2 Gruppen nebeneinander auftreten, deren eine die Christen toleriert oder schützt, während die andere feindlich ist." Ernst Haenchen, Die Apostelgeschichte, Vandenhoeck und Ruprecht, Göttingen, 1965, S. 135
„Diese wunderbare Bekundung versetzte die Priester und Obersten in Wut, aber sie wagten es nicht, ihrem Haß freien Lauf zu lassen, weil sie fürchteten, sich damit der Gewalttätigkeit des Volkes auszusetzen. Sie hatten den Nazarener hingerichtet, und nun standen seine Diener da, ungelehrte Männer aus Galiläa, und erzählten in allen damals geläufigen Sprachen die Geschichte seines Lebens und Wirkens. Entschlossen, die wunderbare Kraft der Jünger natürlich zu erklären, behaupteten die Priester, die Jünger seien durch übermäßigen Genuß des neuen, für das Fest bestimmten Weines betrunken. Einige der Unwissendsten unter den Anwesenden nahmen diese Unterstellung als wahr hin, die Verständigen aber wußten, daß sie falsch war; denn jene, die die verschiedenen Sprachen verstanden, bezeugten, mit welcher Genauigkeit sie die Jünger gebrauchten." E. G. White, a. a. O., S. 41. 42

[37] ThW., Bd. IV, S. 547

[38] Das hier gebrauchte griechische Wort für „aussprechen" kommt nur dreimal im Neuen Testament vor, und zwar ausschließlich in der Apostelgeschichte: 2, 4; 2, 14; 26, 15. Es bedeutet „feierlich oder begeistert sprechen, nicht aber ekstatische Rede". (E. Haenchen, a. a. O., S. 132, Fußnote 2). In Apostelgeschichte 26, 25 steht es im direkten Gegensatz zur ekstatisch unkontrollierten Rede, wenn Paulus sagt: „Ich rase nicht, sondern ich rede wahre und vernünftige Worte."

[39] Wenn Paulus von einer Wirkung des Heiligen Geistes spricht, benutzt er innerhalb von 1. Korinther 12–14 nicht den Dativ wie in 1. Korinther 14, 2, sondern die Präpositionen „en", „dia" und „kata" (1. Korinther 12, 8. 9).

[40] ThW., Bd. I, S. 722

[41] George A. Barton, Archaeology and the Bible (Philadelphia: American Sunday School Union, 1971), S. 353, angeführt bei R. R. Hegstad, AS THE SPIRIT SPEAKS. A look at the charismatic movement, Review and Herald Publishing Association, Washington, 1973, S. 27

[42] R. R. Hegstad, a. a. O., S. 27. 28

[43] Religion in Geschichte und Gegenwart, 3. Auflage, Bd. VI, S. 1941

[44] Fritz Hubmer, Zungenreden, Weissagung — umkämpfte Geistesgaben, Gnadauer Verlag, Denkendorf, 1972, S. 45

[45] Richard Ising führt in dem Buch „Kräftige Irrtümer", Lutherischer Gemeinschaftsdienst GmbH., Berlin, 1965, S. 79 folgendes Beispiel aus der Marienschwesternschaft in Darmstadt an: „An im voraus bestimmten Tagen und Stunden haben die Marienschwestern im inneren Kreis das Zungenreden. Einem Besucher, der sein Befremden darüber zum Ausdruck brachte, daß man das Zungenreden so festsetzen könne, sagte Fräulein Dr. Schlink 1964: ‚Die Geister der Propheten sind den Propheten untertan.' Als sie sich erbot, sofort vor dem Besucher in Zungen zu reden, verzichtete der Besucher auf diese Sondervorführung."

Als ein Ehepaar von Ohio zu E. G. White kam und sich erbot, eine Vorführung ihrer Verzückungserfahrungen zu geben, um von ihr anerkannt zu werden, antwortete sie: „Ich wurde unterwiesen, daß, wenn sich jemand anbieten sollte, solch merkwürdige Offenbarungen zur Schau zu stellen, dies schon ein entscheidender Beweis dafür sei, daß es sich nicht um das Werk Gottes handle." Selected Messages, Band II, S. 42

„Die Welt wird nicht durch die Gabe des Zungenredens oder durch Wunder bekehrt, sondern durch die Predigt des Gekreuzigten." E. G. White, Erweckung — was dann? Advent-Verlag, Hamburg, 1972, S. 57

[46] Fritz Hubmer, a. a. O., S. 45

[47] E. G. White, Aus der Schatzkammer der Zeugnisse, Advent-Verlag, Hamburg, 1956, Band I, S. 146

[48] Kurt Koch macht in seiner Schrift „Die neue Zungenbewegung", Evangelisationsverlag, Berghausen, auf folgendes aufmerksam: Viele Besessene der Bantu (Südafrika) reden in Zungen. Buddhistische und schintoistische Priester sprechen in fremden Sprachen und Zungen in Ostasien und Japan.

Spiritistische Medien in der ganzen Welt sprechen oft in Trance in fremden Sprachen. Das Medium Mirabelli in Brasilien sprach in Trance 25 Fremdsprachen, die es im Wachzustand nicht sprechen konnte. In Gebieten mit ausgeprägt spiritistischem Einschlag ist ein starkes Wachstum der Zungenbewegung zu verzeichnen.

[49] E. G. White, a. a. O., S. 145

[50] Im englischen Text steht das Wort „manufactured". Es bedeutet „machen, herstellen, fabrizieren".

[51] E. G. White, Selected Messages, Band II, S. 24

[52] E. G. White, Der große Kampf zwischen Licht und Finsternis, Saatkorn-Verlag, Hamburg, 1973, S. 463. 464

[53] Fritz Hubmer, a. a. O., S. 110

[54] Es ist mit Sicherheit anzunehmen, daß Paulus bei der Nennung der Charismata in 1. Korinther 12 verschiedene Arten des Zungenredens im Auge hat. Spricht er doch davon, daß es „Arten" (Plural) von „Zungen" oder „Sprachen" (Plural) gibt (Luther: mancherlei Zungenrede). Paulus selbst bekennt von sich: „Ich danke Gott, daß ich mehr in Zungen rede als ihr alle." (1. Kor. 14, 18.)

Walter Bauer ordnet in dem „Wörterbuch zum Neuen Testament", Berlin, 1963, S. 966, das griechische Wort „mallon" (Luther: mehr) unter die Bedeutung „in höherem Grade" ein. So gibt er diesen Vers folgendermaßen wieder: „In höherem Grade als ihr alle kann ich zungenreden." Paulus will den Korinthern nicht sagen, daß er häufiger und mehr als sie in einer unbekannten Zunge redet. Sein Reden in Zungen ist qualitativ von dem ihren verschieden.

Nachdenkenswert ist in diesem Zusammenhang, was Werner de Boor in „Was ist es mit dem Heiligen Geist?" S. 32. 33 schreibt: „Beim Beten und Anbeten dagegen empfinden wir alle so manches Mal, daß unsere gewohnten Worte nicht mehr ausreichen, um das auszudrükken, was unser Herz bewegt. Hier sehnen wir uns nach ‚neuen Zungen', um in ihnen Gott unseren Dank, unsere Freude, unseren Lobpreis darzubringen. Auch unser Sehnen und Bitten will unser Sprechen fast zersprengen. In diesem Sinne ‚wissen wir nicht, was wir beten sollen, wie sich's gebührt', und nun ‚vertritt uns der Geist selbst aufs beste mit unaussprechlichem Seufzen' (Röm. 8, 26). Da sind wir beim ‚Zungenbeten'! . . . Aber allerdings gehört die Zungenrede, das Zungenbeten, grundsätzlich in die Verborgenheit."

[55] Bei der Auseinandersetzung mit der charismatischen Bewegung der Gegenwart sollten wir folgendes beachten: 1. Hüte dich vor einer vorschnellen Schwarz-Weiß-Malerei! Etwa: hier allein Wirksamkeit des Heiligen Geistes; dort ausschließlich Entfaltung satanischer Mächte. Wer es sich so einfach macht, unterschätzt die Verführungskünste Satans.

2. Sei auf der Hut und schreibe nicht vorschnell Wirkungen des Geistes Gottes dem Teufel zu. Sei aber noch vorsichtiger und ordne nicht in naiver Kritiklosigkeit das oft schwer durchschaubare Wirken Satans dem Heiligen Geist zu. „Jede Aussage und jedes Wunder muß durch die Heilige Schrift geprüft werden." (E. G. White)

3. Spiele niemals das geschriebene Wort gegen den Heiligen Geist aus! Die Einheit von Wort und Geist darf nicht aufgegeben werden (Johannes 6, 63). „Solche, die das Wort Gottes nicht genauso annehmen, wie es sich liest, werden in seine [Satans] Falle geraten." E. G. White in Selected Messages, Band II, S. 52

4. Nur dem Wort kommt normativer Charakter zu. Wir dürfen nicht

von religiösen Erfahrungen aus beurteilen, was Wahrheit ist, sondern allein aus der Heiligen Schrift, die die Qualität der Wahrheit in sich selbst trägt (Johannes 17, 17). Der Glaube kommt nicht aus Erlebnissen, sondern durch das Hören auf das Wort (Römer 10, 17). „Derjenige, der seinen Glauben vom Wunderwirken abhängig macht, wird erfahren, daß Satan durch eine Art von Verführung Wunder vollbringen kann, die echt zu sein scheinen." E. G. White, Selected Messages, Band II, S. 52

[56] O. Hallesby, Religiosität oder Christentum, R. Brockhaus Verlag, Wuppertal, 1957, S. 36

[57] Walter Baudert, Unser Leben in der Kraft des Heiligen Geistes, Evangelische Verlagsanstalt, Berlin, 1959, S. 106

Teil III Die Frucht des Heiligen Geistes

[1] „Die angeführten Instrumente werden in ekstatischen Kulten benützt", um den Zustand der Ekstase hervorzurufen. Conzelmann, a. a. O., S. 262

[2] In schneidender Kürze steht im Griechischen nach einem ausgedehnten Vordersatz in 1. Korinther 13, 2: ouden eimi, d. h. „Nichts bin ich", nämlich ohne die Liebe.

[3] E. Osterloh und H. Engelland, a. a. O., S. 172

[4] 1. Korinther 13, 4—7. 13, wiedergegeben nach H. D. Wendland im NTD, 1954, S. 104. 106

[5] Ralf Luther, Neutestamentliches Wörterbuch, Evangelische Hauptbibelgesellschaft zu Berlin, 1965, S. 59. 60

[6] Das hebräische Wort für Geist „ruach" bedeutet zunächst Hauch oder Wind; ebenso das griechische Wort für Geist „pneuma". Die Bedeutungsvielfalt dieses Wortes im Alten und Neuen Testament geht immer von dem Grundgedanken der Bewegung aus und verbindet Sein und Tätigkeit, so daß immer das Moment der Kraft mitklingt.

[7] W. H. Schmidt/G. Delling, Wörterbuch zur Bibel, Evangelische Hauptbibelgesellschaft zu Berlin, 1972, S. 192

[8] Gerhard von Rad, Theologie des Alten Testaments, Band II, Kaiser Verlag, München, 1965, S. 245

[9] Die von Paulus hier gebrauchten Verben „sterben, gekreuzigt werden, begraben werden, auferweckt werden" stehen im Griechischen in der Aoristform. Diese Aoriste weisen auf eine einmalig vollzogene und vollendete Tatsache hin, an der wir durch die Taufe im Glauben lebendigen Anteil bekommen.

„Das ‚Mitsterben‘ und ‚Mitbegrabensein‘ ist also nicht das Ziel eigener mystisch-asketischer Anstrengungen, dagegen spricht ja die einfache Tatsache, daß Paulus alle diese Aussagen in der Sprachform der abgeschlossenen Vergangenheit macht . . . Nirgends finden wir auch nur die Spur einer Aufforderung: ‚Ihr müßt mit Christus sterben.‘ In allem handelt es sich um Tatbestände, die Gott in Christus geschaffen hat und die wir im Glauben als solche vollendeten Tatbestände ergreifen dürfen und zu ergreifen haben.“ Werner de Boor, Der Brief des Paulus an die Römer, Wuppertaler Studienbibel, R. Brockhaus Verlag, Wuppertal, 1962, S. 144. 145

[10] Angeführt bei A. Kuen, a. a. O., S. 93

[11] „Die Gemeinde ist einmal mit Christus gestorben, ebenso ist sie aber auch *mit ihm auferweckt* worden. Die Aoriste (siehe Anmerkung 9) deuten auch hier das heilsgeschichtliche Moment der Auferweckung Christi an. Wie die Gemeinde in Christi Tod der Sünde, der Welt und dem Gesetz gestorben ist, so ist sie in der Auferstehung Christi frei geworden, um Christus und Gott zu leben (Römer 7, 4; Galater 2, 19 u. ö.). Das neue Leben der Gemeinde ist also nicht nur in Christi Auferstehung begründet, sondern ist auch mit ihr *gegeben* und hat mit ihr angefangen.“ H. Ridderbos, a. a. O., S. 152

[12] Nach A. Kuen, a. a. O., S. 98. 99

[13] „Wenn die Verfasser des Neuen Testaments mit einem Verb von der neuen Geburt sprechen, gebrauchen sie niemals das Imperfekt, selten das Perfekt, sondern fast immer den Aorist. Das ist eine griechische Zeitform, die eine ein für allemal abgeschlossene Handlung bezeichnet.“ A. Kuen, a. a. O., S. 100

[14] P. Althaus, Die Christliche Wahrheit, 11. Auflage, S. 638, angeführt bei Heinz, a. a. O., S. 119

[15] Im Griechischen steht das Wort als Partizip im Aorist.

[16] Paulus wechselt von der Aoristform zum Präsens-Partizip. Durch das Präsens kommt ein stetig fortschreitender Prozeß zum Ausdruck.

[17] Gott gab „in Christus einen völlig neuen Menschen. Der Vergleich unserer Stelle mit Römer 13, 14 und Galater 3, 27 zeigt, daß Christus selbst der ‚neue Mensch‘ ist, den wir anziehen dürfen. Auch der Schluß von Vers 11 unseres Textes weist darauf hin. In Christus ist der neue Mensch bereits fertig. Aber auf uns gesehen ist er nicht ‚fertig‘, wird er erst ‚wieder erneuert zu der Erkenntnis nach dem Bilde seines Schöpfers‘. Denn wieder verbindet Paulus beides: das grundmäßig Vollbrachte und im Glauben auch Angenommene und das von Tag zu Tag von da aus Sichvollziehende. Der in der Bekehrung und im Glauben grundmäßig angezogene neue Mensch wird doch von Tag zu Tag erneuert.“ Werner de Boor, Die Briefe des Paulus an die Philipper und

an die Kolosser, Wuppertaler Studienbibel, Verlag R. Brockhaus, Wuppertal, 1957, S. 253

[18] „Auch sonst gebraucht Paulus nur den Singular von karpos [griech. = Frucht], vergleiche Römer 6, 21; Philipper 1, 11; vor allem Epheser 5, 9. 11." Heinrich Schlier, Der Brief an die Galater, Vandenhoeck und Ruprecht, Göttingen, 1962, S. 256

[19] 1. Korinther 13, 4—7, frei wiedergegeben.

[20] Julius Schniewind, Die Freude der Buße, Vandenhoeck und Ruprecht, Göttingen, 1958, S. 14

[21] Begriffslexikon zum Neuen Testament, a. a. O., S. 390

[22] Wörterbuch zur biblischen Botschaft, herausgegeben von Xavier Léon-Dufour, Herder, Freiburg, 1967, S. 195

[23] Das in der Lutherübersetzung mit Glaube wiedergegebene griechische Wort „pistis" ist hier nicht „der theologische Glaube, sondern entweder die Treue oder das Zutrauen bzw. Vertrauen". Heinrich Schlier, Der Brief an die Galater, Vandenhoeck und Ruprecht, Göttingen, 1962, S. 260

[24] Otto Rodenberg, Umkämpftes Evangelium, R. Brockhaus Verlag, Wuppertal, 1967, S. 110

[25] E. G. White, in Review and Herald vom 12. Juni 1892. Zitiert nach: Arthur G. Daniells, Christus unsere Gerechtigkeit, Advent-Verlag, Hamburg, 1962, S. 67

[26] E. G. White, a. a. O., S. 65
Trifft die Verkünder des Evangeliums der Vorwurf, den E. G. White im „Review and Herald" am 3. September 1889 äußerte? „Die Prediger haben Christus den Menschen noch nicht in seiner ganzen Fülle gebracht, weder in den Gemeinden noch in den neuen Feldern. Darum haben diese Menschen keinen verständigen Glauben. Sie haben nicht lernen können, daß Christus ihnen Gerechtigkeit und Erlösung bedeutet."

[27] „Wiedergeburt hat eine Partnerschaft zur Folge, eine Partnerschaft paradoxer Art zwischen dem Geist und mir: Ich überlasse dem Geist die Führung, der Geist läßt mir immer wieder den Vortritt. Er mutet mir zu, daß ich ihm vorangehe. In der Bitte um ihn den Geist lasse ich mir den Vortritt gefallen, damit er die Führung übernehme und mir vorangehe. In der Partnerschaft erniedrigt sich der Geist, um den Menschen zu erhöhen; der Mensch demütigt sich, um dem Geist die Ehre zu geben. Es ist die Partnerschaft, in der man gemeinsam durch Türen geht." Rudolf Bohren, Fasten und Feiern, Neukirchener Verlag 1973, S. 77

[28] E. G. White, a. a. O., S. 75

[29] „... im Neuen Testament finden wir ungefähr 1050 Anordnungen, die in Befehls- oder Möglichkeitsform (Imperativ oder Konjunktiv) ge-

geben sind. Sie betreffen drei große Abschnitte des christlichen Lebens: das innere oder geistige Leben, das moralische Leben (Beziehungen zu anderen) und das Leben in der Gemeinde. Ein Drittel dieser Anordnungen (340) betrifft das geistliche Leben (zu Christus kommen, bereuen, beten, wachen, wachsen . . .). Ein zweites Drittel (365) betrifft die Äußerungen dieses geistigen Lebens, die moralischen Wandlungen, die Gott in unserem praktischen Leben erwartet . . . Eine dritte Gruppe von Anordnungen (350) behandelt das Leben in der Gemeinde . . ." A. Kuen, a. a. O., S. 128

[30] H. Ridderbos, a. a. O., S. 177

[31] H. W. Smith, Das Geheimnis eines glücklichen Christenlebens, Herold-Verlag, Frankfurt, S. 167

[32] W. Baudert, a. a. O., S. 115

*Vom selben Verfasser
ist bereits erschienen:*

Entscheidende Augenblicke

An fünf ausgewählten Beispielen (Versuchung, Sündenfall, der sinkende Petrus, der Schächer am Kreuz, Joseph von Arimathia) wird versucht, christliches Handeln zu vermitteln und biblisches Geschehen in Aktualität umzusetzen, da es für jeden darauf ankommt, die „Stunde der Entscheidung" wahrzunehmen.

60 Seiten, Paperback

ADVENT-VERLAG · HAMBURG